Hörverstehen im Abitur und in der gymnasialen Oberstufe

Prüfungsgrundlagen und Beispielaufgaben in Englisch und Französisch

Jessica Bial

unter Mitarbeit von

Lisa-Malin Harms
Anna Jahnel
Alena Jahnke
Hartmut Jaunich
Sarah Kohnert
Gabriele Lotfi
Katrin Lückenkötter
Monique Lütgens
Julia Meppelink
Henrieke Oppmann
Patricia Vis

Beiträge zur Schulentwicklung I PRAXIS

herausgegeben von der Qualitäts- und UnterstützungsAgentur –
Landesinstitut für Schule des Landes Nordrhein-Westfalen

(QUA-LiS NRW)

Jessica Bial

unter Mitarbeit von

Lisa-Malin Harms
Anna Jahnel
Alena Jahnke
Hartmut Jaunich
Sarah Kohnert
Gabriele Lotfi
Katrin Lückenkötter
Monique Lütgens
Julia Meppelink
Henrieke Oppmann
Patricia Vis

Hörverstehen im Abitur und in der gymnasialen Oberstufe

Prüfungsgrundlagen und Beispielaufgaben in Englisch und Französisch

wbv

Beiträge zur Schulentwicklung | PRAXIS

Gesamtherstellung:
wbv Media, Bielefeld
wbv.de

Redaktion QUA-LiS NRW: Hermann Meuser, Ulrich Janzen, Rüdiger Käuser, Dr.in Veronika Manitius, Tanja Webs

Umschlaggestaltung: Pleßmann Design, Ascheberg

Abbildungen: QUA-LiS NRW

Coverfoto: Adobe Stock/279photo

Bestell-Nr.: 6004817
ISBN: 978-3-7639-6241-9 (Print)
ISBN: 978-3-7639-7057-5 (E-Book)
DOI: 10.3278/6004817w
ISSN: 2509-3479

Printed in Germany

Bibliografische Information der Deutschen Nationalbibliothek
Die Deutsche Nationalbibliothek verzeichnet diese Publikation in der Deutschen Nationalbibliografie; detaillierte bibliografische Daten sind im Internet über http://dnb.d-nb.de abrufbar.

Inhalt

Vorwort

Die Qualitäts- und UnterstützungsAgentur – Landesinstitut für Schule (QUA-LiS NRW) ist die zentrale Einrichtung für pädagogische Dienstleistungen im Geschäftsbereich des Ministeriums für Schule und Bildung in Nordrhein-Westfalen. Kern ihrer Arbeit ist es, die Schulen und die Einrichtungen der gemeinwohlorientierten Weiterbildung des Landes bei der Qualitätssicherung und Qualitätsentwicklung systematisch zu unterstützen. Dies geschieht für die Schulen des Landes u. a. durch die Entwicklung von Kernlehr- und Bildungsplänen, die Bereitstellung von Aufgaben für die zentralen Prüfungen, durch die Qualifizierung und Professionalisierung der Lehrerfortbildung und des Leitungspersonals, aber auch durch Unterstützung in bildungspolitisch aktuellen Handlungsfeldern wie z. B. die inklusive Bildung in der Schule, das gemeinsame längere Lernen im Ganztag oder die interkulturelle Schulentwicklung. Bei allen Angeboten ist es der QUA-LiS NRW ein wichtiges Anliegen, den Schulen für die herausfordernden Prozesse der Schul- und Unterrichtsentwicklung entsprechende Unterstützungsangebote bereitzustellen.

Einen Beitrag dazu stellt die Publikationsreihe „Beiträge zur Schulentwicklung" dar. Dieses Publikationsformat greift zum einen aktuelle wissenschaftliche, unterrichtsfachliche und fachdidaktische Diskurse auf und stellt diese interessierten Leserinnen und Lesern für die Diskussion zur Verfügung; zum anderen richtet es sich unter dem Label „Praxis" gezielt an die schulischen Akteure vor Ort und bietet Schülerinnen und Schülern, Lehrerinnen und Lehrern, Eltern und Erziehungsberechtigten konkrete Unterstützungsmaterialien für die Anwendung in Schule und Unterricht an.

Der vorliegende Band stellt ein solches praxisbezogenes Unterstützungsangebot dar und dient als eine Handreichung für Lehrerinnen und Lehrer der gymnasialen Oberstufe bei der Erstellung von Aufgaben zur Überprüfung des Hörverstehens in den modernen Fremdsprachen. Die Konstruktion von Hörverstehensaufgaben stellt eine komplexe Herausforderung dar. Die vorliegende Handreichung will anhand konkreter Aufgaben in den Fächern Englisch und Französisch exemplarisch aufzeigen, welche Konstruktionsprinzipien Hörverstehensaufgaben im zukünftigen Abitur zu Grunde liegen und dadurch dazu beitragen, die unterrichtliche Vorbereitung auf die Überprüfung des Hörverstehens im Abitur zu unterstützen. Mein Dank gilt insbesondere der Autorin dieses Bandes sowie allen Kolleginnen und Kollegen, die bei der Erstellung dieses praxisorientierten Unterstützungsangebotes für die Schulen mitgewirkt haben.

Mit der Reihe „Beiträge zur Schulentwicklung" PRAXIS möchte die QUA-LiS NRW für alle Akteure in Schule und Weiterbildung ein weiteres Unterstützungsangebot für die vielfältigen und herausfordernden Gestaltungsprozesse im Bildungsbereich bereitstellen.

Eugen L. Egyptien
Direktor der Qualitäts- und UnterstützungsAgentur – Landesinstitut für Schule (QUA-LiS NRW)

Vorbemerkungen aus wissenschaftlicher Sicht

„Wenn ich das so höre, stell ich mir selber vor, wie ich dabei wäre."

Das Hörverstehen als Bewährungsprobe für fremdsprachliche Handlungsfähigkeit

Henning Rossa

Das vorangestellte Zitat ist einem Interview mit einer Schülerin entnommen, in dem sie von den Strategien berichtet, die sie zur Bewältigung einer Prüfungsaufgabe zum fremdsprachlichen Hörverstehen einsetzt (verbale Daten aus Rossa 2012). In diesem konkreten Fall ist es offenbar gelungen, in der Prüfung eine Kommunikationssituation zu simulieren, auf die sich die Prüfungskandidatin so einlässt, als sei sie „dabei". Diese wichtige Voraussetzung für eine faire Leistungsmessung zu schaffen, stellt gerade beim Prüfen rezeptiver Kompetenzen eine große Herausforderung dar. Die Leistung „Hörverstehen" basiert schließlich auf interagierenden und mehr oder weniger automatisierten Prozessen der Lautwahrnehmung, Worterkennung und Bedeutungskonstruktion, die sich einer direkten Beobachtung entziehen. Die Produkte dieser stillen mentalen Leistung müssen in Prüfungsaufgaben erst mühsam „abgefragt" werden, um sie auf diesem indirekten Weg möglichst genau messen und adäquat bewerten zu können.

Die Integration von Hörverstehensaufgaben in die Abiturprüfung ist angesichts dieser Herausforderungen kein triviales Vorhaben, zumal die Entwicklung bzw. Auswahl dieser Aufgaben im Spannungsfeld zwischen zwei gegensätzlichen Ansprüchen geschieht. Mit Blick auf die Ziele des kommunikativen Fremdsprachenunterrichts ist es einerseits wichtig, kommunikativ situierte bzw. kontextualisierte, inhaltlich bedeutsame, komplexe und eigenständige Prüfungsleistungen einzufordern. Andererseits sollen diese Leistungen unter Bedingungen erfasst werden, die für alle Prüfungskandidatinnen und Prüfungskandidaten fair und vergleichbar sind und eine objektive Bewertung ermöglichen. Auch das Phänomen der Mehrdeutigkeit von Sprache bereitet im Prozess der Aufgabenentwicklung und Textauswahl schier unauflösbare Schwierigkeiten, wenn auf dem Niveau einer kompetenten Sprachverwendung angemessene Schlussfolgerungen und Interpretationen überprüft und objektiv bewertet werden sollen. Ein weiteres Problem liegt in dem Widerspruch zwischen dem Wunsch, möglichst authentische mündliche Texte einzusetzen, und der Notwendigkeit, eben diese authentischen Texte so zu modifizieren, dass sie zusammen mit passenden Verständnisfragen, die nicht bloß oberflächliche Informationen abfragen, tatsächlich als Prüfung funktionieren.

Und dennoch: Aus Gründen der curricularen Validität kann eine Abiturprüfung in der Fremdsprache von einem Prüfungsteil zum Hörverstehen trotz der hier skizzierten Schwierigkeiten nur profitieren. Aus den wissenschaftlichen Perspektiven der Fremdsprachendidaktik, der Sprachtestforschung und der angewandten Sprachwissenschaften steht die Relevanz des Hörverstehens als zentrale Dimension fremdsprachlicher Handlungsfähigkeit in theoretischen Modellen des Sprachkönnens und insbesondere für den Erwerb einer Fremdsprache insgesamt außer Frage. Diese Feststellung gilt, obwohl die Forschungslage im

Vergleich zu anderen Bereichen weiterhin Nachholbedarf aufweist, wie Vandergrift & Cross (2017, S. 89) bestätigen:

> "It is axiomatic to say that the role of listening in SLA needs greater research attention. The covert nature of the cognitive processes and ephemeral nature of the input make listening research more difficult and less attractive than research into the other language skills."

Theoretische Annahmen und empirische Erkenntnisse zu den rezeptiven kommunikativen Kompetenzen (vgl. Rossa, 2012) deuten darauf hin, dass die genuinen Bedingungen des Hörverstehens[1] die Lernenden langfristig dazu nötigen, ihr Sprachwissen stärker zu automatisieren. Beim Hörverstehen liegt die Kontrolle über die Geschwindigkeit, mit der Ideen konzeptualisiert, formuliert und kommuniziert werden, außerhalb unserer Reichweite. Beim Lesen, Schreiben und Sprechen können wir in gewissen Grenzen selbst bestimmen, wie schnell wir sprachlich vermittelte Konzepte entschlüsseln und verstehen bzw. selbst formulieren und ausdrücken. Wenn Hörverstehen in der Fremdsprache gelingen soll, muss unser Sprachwissen so gut eingeübt und internalisiert sein, dass es auch ohne einen wohlüberlegten, bewussten Zugriff für wichtige Verstehensprozesse, wie z. B. das Erkennen von Lauten und Wörtern, von Phrasen und Sätzen, zur Verfügung steht. Es lässt sich also durchaus argumentieren, dass ein Hörverstehenstest aufdeckt, inwiefern der linguistische Kern der Fremdsprache bereits erfolgreich erworben wurde (vgl. Buck, 2018).

Ein Prüfungsteil „Hörverstehen" fordert zudem ganz spezifische sprachliche Leistungen heraus, die sich deutlich von anderen Bereichen sprachlichen Handelns unterscheiden (vgl. Field, 2019, Rost, 2016). So müssen wir beim Hörverstehen z. B. in der Lage sein, in einem mündlich vermittelten Text Phänomene gesprochener Sprache angemessen zu verarbeiten und zu verstehen. Die lautliche Form der gesprochenen Wörter ist im Vergleich zur Schrift recht veränderlich und weniger zuverlässig: Je schneller gesprochen wird, desto mehr Laute werden ersetzt, verkürzt und gelöscht. Die Intonation vermittelt auch Informationen darüber, wie wichtig die hier benannte Idee ist, oder wie der Sprecher oder die Sprecherin zu dem gerade Gesagten steht, welche Emotion hier zum Ausdruck kommt, ob es sich um Ernst, Spaß oder Ironie handelt. Auch auf den Ebenen der Textstruktur und Satzgrammatik müssen wir uns beim Hören in der Regel auf andere Phänomene einstellen als beim Lesen. In mündlichen Texten werden Ideen oft spontaner und eher elliptisch formuliert, auch die Beziehungen zwischen den Hauptgedanken werden nicht so explizit markiert wie in einem schriftlichen Text (vgl. Buck, 2018).

Bei der Entwicklung einer validen Prüfungsaufgabe zum fremdsprachlichen Hörverstehen muss angesichts der hier skizzierten spezifischen Anforderungen und trotz der eingangs beschriebenen Schwierigkeiten das Ziel angestrebt werden, in der Testsituation Texte zu verwenden, die den Eindruck einer „echten" Hörsituation vermitteln. Die Annäherung an stark vom Hören und Verstehen geprägte, spontansprachliche real-world Situationen gerät im geordneten Rahmen einer Prüfung schnell an Grenzen. Es ist aber meines Erachtens dennoch sinnvoll, bei der Weiterentwicklung von Prüfungskonzeptionen diese

---

1 1. mangelnde Kontrolle über die Geschwindigkeit, mit der Informationen präsentiert werden; 2. Flüchtigkeit des „Hörtextes"; 3. Verarbeitung linguistischer und paralinguistischer Phänomene mündlichen Sprachgebrauchs: unvollständige Sätze, Verzögerungsphänomene, gleichzeitiges Sprechen, Akzente/Dialekte, Prosodie, Hintergrundgeräusche

Grenzen weiter in Richtung einer motivierenden und authentischen Kommunikationssituation zu verschieben, indem z. B. auch die Potenziale interaktiver Aufgabenformate (auf das Gehörte sprachlich angemessen reagieren) ausgelotet werden.

Literatur

Buck, G. (2018). Preface. In G. J. Ockey & E. Wagner (Hrsg.) (2018). *Assessing L2 Listening. Moving Towards Authenticity* (Language Learning and Language Teaching, Band 50; S. XI–XVI). Amsterdam/Philadelphia: John Benjamins Publishing Company.

Field, J. (2019). *Rethinking the Second Language Listening Test. From Theory to Practice* (British Council Monographs on Modern Language Testing 2). Sheffield: Equinox.

Rossa, H. (2012). *Mentale Prozesse beim Hörverstehen in der Fremdsprache. Eine Studie zur Validität der Messung sprachlicher Kompetenzen* (Inquiries in Language Learning, Band 5). Zugl.: Diss., Techn. Univ. Dortmund, 2011. Frankfurt am Main: Lang.

Rost, M. (2016). *Teaching and researching listening* (3rd. ed., Applied linguistics in action). New York, London: Routledge.

Vandergrift, L. & Cross, J. (2017). Replication research in L2 listening comprehension: A conceptual replication of Graham & Macaro (2008) and an approximate replication of Vandergrift & Tafaghodtari (2010) and Brett (1997). *Language Teaching, 50* (1), 80–89.

Zielsetzung der Handreichung

Mit Inkraftsetzung der *Bildungsstandards für die fortgeführte Fremdsprache (Englisch/Französisch) für die Allgemeine Hochschulreife* durch die Kultusministerkonferenz (18.10.2012) werden seit 2017 bundesweit in den Abiturprüfungen der fortgeführten Fremdsprachen Englisch und Französisch mehrere funktionale kommunikative Kompetenzen überprüft. Welche funktional kommunikativen Kompetenzen jeweils im Zentralabitur überprüft werden, wird durch die **Abiturvorgaben** der jeweiligen Fächer geregelt. Um Transparenz im Hinblick auf die Anforderungen der Hörverstehensüberprüfung herzustellen und die praktische Umsetzung der Hörverstehensüberprüfung im Abitur und der gymnasialen Oberstufe aufzuzeigen, soll die Handreichung Orientierung und Unterstützung geben, indem sie

- die Anforderungen an die Überprüfung der Hörverstehenskompetenz im Abitur darlegt,
- Transparenz bezüglich der Prüfungsspezifikationen im Abitur schafft,
- wichtige Konstruktionsprinzipien von Hörverstehensaufgaben im Abitur aufzeigt,
- im Abitur zum Einsatz kommende Aufgabenformate erläutert,
- Aufgabenbeispiele aus den Fächern Englisch und Französisch kommentiert,
- exemplarisch in den Fächern Englisch und Französisch ein vollständiges Beispiel einer Hörverstehensüberprüfung im Abitur vorstellt,
- Empfehlungen für die Konzeption von Hörverstehensüberprüfungen im Verlauf der gymnasialen Oberstufe gibt.

Hinsichtlich der unterrichtlichen Vorbereitung der Schülerinnen und Schüler auf die Anforderungen der Überprüfung der Hörverstehenskompetenz im Abitur zielt die Handreichung ebenfalls darauf ab, Lehrkräften den Weg zur Einschätzung der Qualität von Aufgaben sowie zur Erstellung eigener Aufgaben für den Unterricht zu ebnen. Die Schülerinnen und Schüler sollen mit Eintritt in die gymnasiale Oberstufe vielfältige Möglichkeiten erhalten, ihre Hörverstehenskompetenz an Aufgaben entwickeln zu können, die sich an den Standards der Aufgaben in der Abiturprüfung orientieren.

Vor diesem Hintergrund illustriert die Handreichung die Anforderungen der Überprüfung der Hörverstehenskompetenz im Abitur anhand konkreter Beispielaufgaben aus den Fächern Englisch und Französisch. Die Prinzipien der Aufgabenkonstruktion werden exemplarisch an im Abitur zum Einsatz kommenden Aufgabenformaten transparent gemacht und gelten für **alle** modernen Fremdsprachen gleichermaßen.

Der Einsatz von Hörverstehensaufgaben im fremdsprachlichen Unterricht stellt Lehrkräfte vor die Herausforderung, adäquate Hörimpulse zu finden. Hier will die Handreichung mit einer umfassenden Linkliste unterstützen, indem sie ein breites Angebot von möglichen Quellen bündelt. Die Linkliste organisiert Quellen nach den unterschiedlichen Bezugskulturen, kommunikativen Anlässen und Themen und soll dadurch die Suche nach geeigneten Hörtexten z. B. im Internet unterstützen.

Das Glossar bietet einen Überblick über wichtige Fachbegriffe und deren Bedeutung, so wie sie in dieser Handreichung verwendet werden.

Die Entwicklung dieser Handreichung wäre nicht ohne die engagierte und tatkräftige Unterstützung von zahlreichen Lehrerinnen und Lehrern mit ihren Schülerinnen und Schülern möglich gewesen. Daher sei an dieser Stelle ganz ausdrücklich all denjenigen gedankt, die die Aufgaben im Unterricht erprobt haben und durch ihre wertvollen Rückmeldungen maßgeblich zu deren Weiterentwicklung beigetragen haben.

1 Curriculare Grundlagen

Mit Inkrafttreten der Kernlehrpläne für die Sekundarstufe II in den modernen Fremdsprachen im Jahr 2014 sind neue Anforderungen an die Überprüfung der kommunikativen Kompetenzen in der schriftlichen Leistungsüberprüfung geschaffen worden.

> „Insgesamt werden im Verlauf der Qualifikationsphase alle funktionalen kommunikativen Teilkompetenzen mindestens einmal in einer schriftlichen Arbeit/Klausur überprüft." (KLP GOSt, Kapitel 3)

Aus der Verpflichtung, alle funktionalen kommunikativen Teilkompetenzen im Rahmen der schriftlichen Leistungsüberprüfung zu berücksichtigen, ergeben sich spezifische Anforderungen an die Erstellung von Klausuren, die Unterrichtsarbeit sowie an die Auswahl geeigneter Materialien und Aufgaben.

Aufgaben zur isolierten Überprüfung des Hörverstehens müssen demnach Anforderungen erfüllen, die in Kapitel 2 der jeweiligen fachspezifischen Kernlehrpläne GOSt ausgewiesen sind.

Die Kernlehrpläne GOSt stellen in allen Teilkompetenzbereichen übergeordnete Kompetenzanforderungen und bilden somit die Grundlage für die Erstellung, Eignungsüberprüfung und Bewertung von Hörverstehensaufgaben für die gymnasiale Oberstufe. Im Grundkurs am Ende der Qualifikationsphase heißt es:

> „Die Schülerinnen und Schüler können auch komplexere Äußerungen und authentische Hör- bzw. Hörsehtexte zu in einzelnen Fällen auch weniger vertrauten Themen verstehen, sofern repräsentative Varietäten der Zielsprache verwendet werden."
>
> (KLP GOSt Englisch, Kapitel 2 GK)

Die Anforderungsniveaus unterscheiden sich in Abhängigkeit des jeweiligen Kursabschnitts und der jeweiligen Kursart. Folgende Merkmale sind entscheidend hinsichtlich der Niveaudifferenzierung:

- Vertrautheitsgrad der Themen,
- Vertrautheitsgrad der Varietät der Zielsprache,
- inhaltliche und sprachliche Komplexität der Äußerungen,
- Deutlichkeit der Artikulation (neu einsetzende Fremdsprache),
- Sprechgeschwindigkeit.

Zugrunde liegendes Verständnis von Hörverstehen

Im Vordergrund der Anforderungen des Kernlehrplans für die Sekundarstufe II steht das **Verstehen fremdsprachlicher Äußerungen im Kontext**. Aufgaben, die auf ein bloßes Wiedererkennen von Aussagen bis hin zu Einzelwörtern zielen, erfüllen deshalb diese Kompetenzanforderungen **nicht voll umfänglich**. Hörverstehen wird als ein aktiver Prozess der Sinnkonstruktion verstanden, in den Zuhörende als sozial handelnde Akteure mit ihrem jeweiligen Welt-, Erfahrungs- und soziokulturellen Orientierungswissen eintreten. Die Aufgaben steuern mit ihren Items das Informationsinteresse der Zuhörenden, indem sie den Fokus auf das Verstehen spezifischer Aspekte legen. Sie ersetzen quasi das individuelle, intrinsische Informationsinteresse bzw. geben dieses vor (extrinsisches Hörinteresse). Dadurch kommt den Hörstrategien eine große Bedeutung zu. Diese werden in den konkretisierten Kompetenzerwartungen der Kernlehrpläne für die jeweilige Kursart und den jeweiligen Kursabschnitt als notwendige Fähigkeiten ausgewiesen, um auditive Kommunikationssituationen erfolgreich bewältigen zu können.

So heißt es in den Kompetenzanforderungen des Kernlehrplans GOSt am Ende der Qualifikationsphase im Grundkurs der fortgeführten Fremdsprache:

> „Sie können
> – in unmittelbar erlebter face-to-face-Kommunikation und aus umfangreichen auditiven und audiovisuellen Texten die Gesamtaussage, Hauptaussagen und Einzelinformationen entnehmen […].“
>
> (KLP GOSt Englisch, Kapitel 2 GK)

Die konkretisierten Kompetenzerwartungen variieren leicht in den einzelnen Fremdsprachen (s. u.). Inhaltlich stellen sie jedoch unabhängig vom jeweiligen Fach (mit Ausnahme in den Fächern Japanisch, Chinesisch und Neugriechisch) in Abhängigkeit des jeweiligen Kursabschnittes und der Kursart die gleichen Anforderungen an die Schülerinnen und Schüler. Erwartet wird das Erreichen der Niveaustufe B2 des GeR am Ende der Qualifikationsphase in der fortgeführten Fremdsprache. Im Fach Englisch ist zu berücksichtigen, dass die Kompetenzanforderungen am Ende der Qualifikationsphase festlegen, dass die Schülerinnen und Schüler im Bereich der funktionalen kommunikativen Kompetenz Hörverstehen die Niveaustufe B2 des GeR mit Anteilen an der Niveaustufe C1 erreichen.

	ENDE DER EINFÜHRUNGSPHASE		**ENDE DER QUALIFIKATIONSPHASE**		
	Grundkurs		**Grundkurs**		**Leistungskurs**
	neu einsetzende Fremdsprache	**fortgeführte Fremdsprache**	**neu einsetzende Fremdsprache**	**fortgeführte Fremdsprache**	
Englisch		B1 mit Anteilen von B2 des GeR		B2 mit Anteilen von C1 des GeR	
Französisch, Italienisch, Niederländisch, Portugiesisch, Russisch, Spanisch, Türkisch,	A2 des GeR	B1 + des GeR	B1 mit Anteilen von B2 des GeR	B2 des GeR	
Japanisch, Chinesisch	A1 mit Anteilen an A2 des GeR	A2 mit Anteilen an B1 des GeR	A2 mit Anteilen an B1 des GeR	B1 mit Anteilen an B2 des GeR	
Neugriechisch		B1 + des GeR		B2 des GeR	

Während die Kompetenzanforderungen der Kernlehrpläne das Hörverstehen und das Hörsehverstehen zu einer komplexen funktionalen kommunikativen Kompetenz zusammenfassen, setzt diese Handreichung vor dem Hintergrund der Anforderungen im Zentralabitur ab 2025 bewusst den Fokus auf das **Hörverstehen**. Beim Hörsehverstehen steht den Schülerinnen und Schülern – anders als beim Hörverstehen – durch den visuellen Input ein zusätzlicher Mitteilungskanal bereit, der die Verständniskonstruktion beeinflusst und auf diesem Wege zusätzliche Informationen transportiert. Mimik, Gestik, Schauplatz etc. entfallen beim Hörverstehen vollends, sodass die Kommunikationssituation und somit die Verständniskonstruktion einzig auf den auditiven Kanal beschränkt ist.

Anforderungsbereiche

Da das Verstehen von Äußerungen je nach Hörinteresse und Anforderungsniveau auf unterschiedlichen Rezeptionsebenen erfolgen kann (global, selektiv, detailliert, inferierend), erfüllen Aufgaben zur isolierten Überprüfung des Hörverstehens vorrangig den Anforderungsbereich I und in Anteilen den Anforderungsbereich II (z. B. beim inferierenden Verarbeiten). Dies muss bei der Erstellung von Klausuren entsprechend berücksichtigt werden.

2 Spezifikationen für die Abiturprüfung

Wie bei der Erstellung von Klausuren zur Überprüfung des Schreibens und des integrierten Leseverstehens oder zur Überprüfung der Sprachmittlungskompetenz von Schülerinnen und Schülern müssen Aufgaben zur Überprüfung des Hörverstehens spezifische Rahmenbedingungen erfüllen. Diese basieren auf bundesweiten Vorgaben durch die Kultusministerkonferenz in den *Bildungsstandards für die fortgeführte Fremdsprache (Englisch/Französisch) für die Allgemeine Hochschulreife* und auf den Kompetenzanforderungen der Kernlehrpläne in Nordrhein-Westfalen. Zudem sollten Aufgaben zur Überprüfung des Hörverstehens spezifische testtheoretische Kriterien erfüllen, um valide, reliabel und objektiv zu sein (vgl. Kapitel 6).

Die tabellarische Übersicht „Spezifikationen Hörverstehen" bündelt die Rahmenbedingungen und Grundlagen der Aufgabenkonzeption für die Abiturprüfung in Nordrhein-Westfalen in den Prüfungsspezifikationen für das Hörverstehen. Für dezentrale Klausuren in der Einführungs- und Qualifikationsphase dienen diese Spezifikationen der Orientierung, um schul- und fachspezifische Absprachen vor dem Hintergrund der jeweiligen gültigen Rahmenbedingungen (z. B. Kursabschnitt, Kursart, Klausurdauer) treffen zu können.

Die Prüfungsspezifikationen für die Abiturprüfung geben Auskunft über

- das Ziel der Überprüfung,
- die Struktur des Prüfungsteils Hörverstehen,
- die zu überprüfenden Kompetenzanforderungen,
- Anforderungen an die Hörimpulse,
- geeignete Aufgabenformate,
- Bewertungsvorgaben.

Die zeitliche Begrenzung der Hörtexte ist vor dem Hintergrund der hohen Anforderungen an eine konzentrierte Aufmerksamkeit während der Bewältigung der Aufgaben zu sehen. Um das gesamte Notenspektrum abbilden zu können, ist eine gewisse Anzahl an Items erforderlich, die die Anzahl der Notenstufen deutlich überschreitet. Dies kann insbesondere durch die Kombination mehrerer Aufgaben gewährleistet werden, sofern die Hörtexte den maximalen zeitlichen Rahmen nicht überschreiten. Die einzelnen Items berücksichtigen darüber hinaus unterschiedliche Schwierigkeitsgrade, um die Hörverstehenskompetenz von Schülerinnen und Schülern differenziert abbilden und bewerten zu können. Der Einstieg in eine Hörverstehensaufgabe erfolgt in der Regel über ein leichteres Item. Der Schwierigkeitsgrad einer Aufgabe kann in Abhängigkeit von dem zugrunde liegenden Hörtext stetig steigen oder sprunghaft wechseln.

<table>
<tr><th colspan="13">Spezifikationen Hörverstehen im Abitur*)</th></tr>
<tr><td>STRUKTUR DES PRÜFUNGSTEILS</td><td colspan="3">ELEMENTE
• 3 Hörtexte
• monologische und dialogische Kommunikationssituationen</td><td colspan="3">KONTEXTUALISIERUNG UND INSTRUKTIONEN
• in der Zielsprache schriftlich auf dem Aufgabenblatt
• Auskunft über thematischen Zusammenhang, Hörformat, ggf. Anzahl und Rolle der Sprecherinnen und Sprecher</td><td colspan="3">PRÄSENTATION DER HÖRTEXTE
• Lesezeit vor Bearbeitung abhängig von Komplexität und Umfang des Aufgabenapparates, maximal 2 Minuten je Hörtext
• zweifache Präsentation jedes Hörtextes
• ca. 1 Minute Orientierungszeit zwischen den Hördurchgängen</td><td colspan="3">DAUER
• insgesamt ca. 30 Minuten (inkl. Hörpausen, Wiederholungen)
• Länge je Hörtext: max. 5 Minuten, eher kürzer
• Länge aller Hörtexte bei einfacher Präsentation max. 10 Minuten</td></tr>
<tr><td rowspan="3">ÜBERPRÜFTE KOMPETENZ-ANFORDERUNGEN</td><td colspan="6">Englisch</td><td colspan="6">Französisch fortgeführt</td></tr>
<tr><td colspan="6">B2 mit Anteilen an C1 des GeR</td><td colspan="6">B2 des GeR</td></tr>
<tr><td colspan="12">Die Aufgaben müssen alle Rezeptionsebenen berücksichtigen:
• Verstehen globaler Aussagen (globales Verstehen)
• Verstehen expliziter, lokal verorteter Informationen (selektives Verstehen)
• Verstehen von Informationen und Aussagen im Zusammenhang (detailliertes Verstehen)
• Verstehen impliziter Aussagen (inferierendes Verstehen)</td></tr>
<tr><td>MERKMALE DES HÖRTEXT</td><td colspan="12">authentische Hörtexte</td></tr>
<tr><td>Bereiche</td><td colspan="4">ÖFFENTLICHE KOMMUNIKATION
z. B. Interview, Radioreportage, Debatte, Hörspiel, Nachrichten Hörbuchauszug, Rede, Audioguide, Kommentar, Podcast</td><td colspan="4">STUDIEN- UND BERUFSBEZOGENE KOMMUNIKATION
z. B. Interview, Gespräch, Präsentation, Vorlesung</td><td colspan="4">PERSÖNLICHE KOMMUNIKATION
z. B. Gespräch, Sprachnachrichten, Audioblog</td></tr>
<tr><td>Inhalte</td><td colspan="12">• Orientierung an den inhaltlichen Schwerpunkten des KLP im Bereich Soziokulturelles Orientierungswissen
• Orientierung an den kursspezifischen Standards hinsichtlich des Vertrautheitsgrades von Themen (vgl. KLP Kompetenzanforderung Hörverstehen)
• weitgehend vertraute Themen (LK: auch wenig vertraute Themen</td></tr>
<tr><td colspan="13">*) Die tabellarische Übersicht bezieht sich auf die Fächer Englisch und Französisch fortgeführt. Sofern die Kompetenz Hörverstehen auch in anderen Fremdsprachen im Abitur überprüft wird, gelten diese Spezifikationen analog.</td></tr>
</table>

<table>
<tr><th colspan="16">Spezifikationen Hörverstehen im Abitur*)</th></tr>
<tr><td>Diskursmodi</td><td colspan="3">beschreibend</td><td colspan="3">erzählend</td><td colspan="3">erklärend</td><td colspan="3">argumentativ</td><td colspan="3">appellativ</td></tr>
<tr><td>Sprech(er)-merkmale</td><td colspan="15">• i. d. R. ein bis zwei voneinander zu unterscheidende Sprecherinnen/Sprecher
• repräsentative (Englisch nur LK: nicht immer repräsentative) Varietäten der Zielsprache
• normales (LK: auch schnelles) Sprechtempo</td></tr>
<tr><td rowspan="2">AUFGABEN-FORMATE</td><td colspan="5"><u>Mehrfachwahlaufgaben</u></td><td colspan="5"><u>Ergänzungsaufgaben/ Kurzantwortaufgaben</u></td><td colspan="5"><u>Zuordnungsaufgaben</u></td></tr>
<tr><td colspan="15">• i. d. R. kein Formatwechsel innerhalb einer Aufgabe
• Formatwechsel ausschließlich, wenn funktional begründet (max. 1–2 Mal zwischen 2 Formaten)</td></tr>
<tr><td>Spezifika</td><td colspan="5">• i. d. R. 3–4 Antwortoptionen, d. h. 1 Attraktor und 2–3 Distraktoren
• Items folgen der Chronologie des Hörtextes</td><td colspan="5">• Items folgen der Chronologie des Hörtextes</td><td colspan="5">• 1–3 Distraktoren
• keine chronologische Abfolge der Items
• Items stehen unter einem thematischen Dach</td></tr>
<tr><td>Anzahl der Items</td><td colspan="10">• in Abhängigkeit von der Länge und Komplexität des Hörimpulses
• i. d. R. 9–12 Items pro Hörtext</td><td colspan="5">5–6 (inkl. Distraktoren) pro Hörtext</td></tr>
<tr><td>BEWERTUNG</td><td colspan="15">• Bewertet wird ausschließlich die korrekte inhaltliche Erfüllung der Aufgaben.
• Der Aufgabenteil Hörverstehen geht anteilig mit 20 % in das Klausurergebnis ein.
• Für jede richtige Antwort wird eine Bewertungseinheit (BE) vergeben.</td></tr>
<tr><td colspan="16">*) Die tabellarische Übersicht bezieht sich auf die Fächer Englisch und Französisch fortgeführt. Sofern die Kompetenz Hörverstehen auch in anderen Fremdsprachen im Abitur überprüft wird, gelten diese Spezifikationen analog.</td></tr>
</table>

3 Definition der Hörabsichten

Gemäß den Anforderungen der Kernlehrpläne müssen Schülerinnen und Schüler am Ende der Qualifikationsphase mündlich präsentierte Kommunikationssituationen auf unterschiedlichen Ebenen erfolgreich bewältigen können (KLP, Kapitel 2). Sie müssen zeigen, dass sie auditiv vermittelte Kommunikationssituationen mit unterschiedlichen Hörabsichten meistern können: global, selektiv, detailliert und inferierend.

Die Übergänge zwischen den einzelnen Hörabsichten sind fließend und manchmal schwer auseinanderzuhalten. Eine Aufgabe sollte im Schwerpunkt eine spezifische Hörabsicht überprüfen. In Abhängigkeit des jeweiligen Hörtextes bzw. der jeweiligen Kommunikationssituation können jedoch inhaltlich begründete Abweichungen möglich bzw. sinnvoll sein. Insgesamt berücksichtigt ein Aufgabenpaket im Zentralabitur alle Hörabsichten (vgl. Spezifikationen Hörverstehen, KLP GOSt, Kapitel 2). Der Schwerpunkt der jeweiligen Aufgaben wird ausgewiesen. Mit Blick auf die Konzeption von Hörverstehensaufgaben ist daher stets zu prüfen, ob die Aufgaben in ihrer Gesamtheit die Anforderung, verschiedene Hörabsichten anzusteuern, erfüllen und nicht ausschließlich das Wiedererkennen von Aussagen auf der lautlichen Textoberfläche prüfen.

Die einzelnen Hörabsichten repräsentieren eine unterschiedlich tiefgehende Verarbeitung von Informationen. Sie finden ihre höchste Verarbeitungstiefe im inferierenden Hören, bei dem die Anforderung des Hörverstehens als aktiver Prozess der Bedeutungskonstruktion sehr deutlich wird. Mithilfe des Welt-, Erfahrungs- und Kontextwissens (vgl. KLP GOSt, Interkulturelle Kommunikative Kompetenz, soziokulturelles Orientierungswissen) und einer Sensibilität für nicht explizit verbalisierte Aussageintentionen, z. B. durch Stimmführung, Sprechtempo, Pausen etc., können mitschwingende Botschaften durch Rückschlüsse entschlüsselt werden. Im Folgenden werden die unterschiedlichen Hörabsichten definiert, um sie voneinander abzugrenzen.

Globales Verstehen (GV)	Das Erschließen der zentralen Aussage (bzw. der zentralen Aussagen) des Gesamttextes: Hiermit ist eine Aussage gemeint, die ausschließlich durch die Verknüpfung der wesentlichen Informationen des gesamten Textes bzw. einer längeren Passage erfasst werden kann. Ein Item zum globalen Verstehen bezieht sich demnach auf den gesamten Text bzw. auf eine längere Textpassage.	
Selektives Verstehen (SV)	Das gezielte Herausfiltern konkreter Einzelinformationen: Hiermit sind explizit genannte Textinformationen gemeint, die in ihrem unmittelbaren Kontext verstanden, jedoch nicht in größere Textzusammenhänge gebracht werden müssen. Ein Item zum selektiven Verstehen bezieht sich demnach auf eine eng umrissene Textstelle.	
Detailliertes Verstehen (DV)	Das möglichst vollständige Erfassen von Aussagen in ihrem Zusammenhang: Hiermit sind komplexere explizite und implizite Informationen gemeint, die im Textzusammenhang verstanden werden müssen. Ein Item zum detaillierten Verstehen bezieht sich demnach auf eine Textpassage.	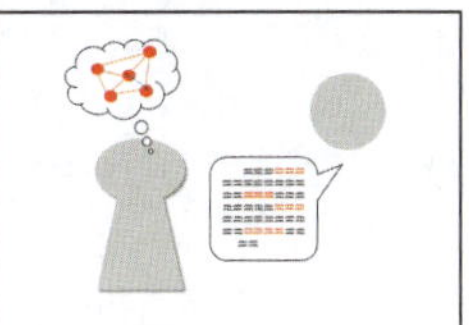
Inferierendes Verstehen (IV)	Das Erschließen impliziter Textaussagen, etwa durch Rückschlüsse oder Schlussfolgerungen; dies kann auch beim Deuten von Emotionen und Stimmungen vorliegen.	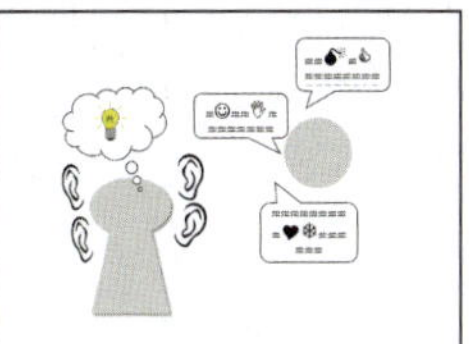

4 Textgrundlagen

Die Kompetenzanforderungen der Kernlehrpläne in den modernen Fremdsprachen zeigen auf, welche Anforderungen Textgrundlagen zur Überprüfung des Hörverstehens am Ende der Einführungs- und Qualifikationsphase in den verschiedenen Kursarten erfüllen müssen. Das jeweils angestrebte Niveau wird insbesondere mit Blick auf folgende Aspekte differenziert:

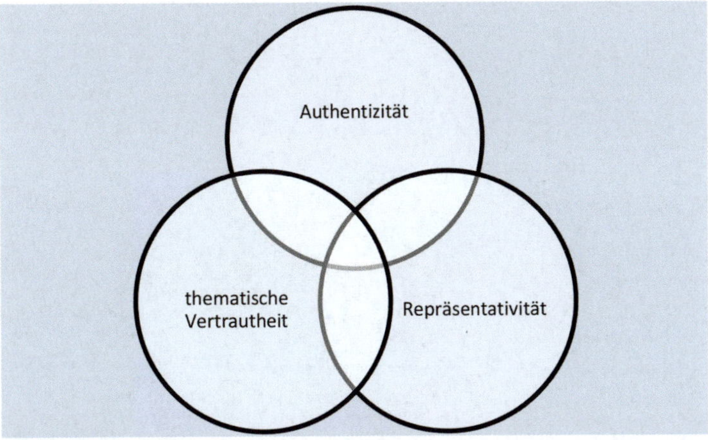

Eine Vielzahl auditiver Textgrundlagen eignen sich zur Überprüfung der Hörverstehenskompetenz. So wie sicherzustellen ist, dass Hörverstehensaufgaben die vier Rezeptionsebenen – global, selektiv, detailliert und inferierend – berücksichtigen (vgl. Kapitel 3), ist sicherzustellen, dass die Schülerinnen und Schüler vielfältige authentische auditiv vermittelte Kommunikationssituationen bewältigen müssen. Um die Breite der Kommunikationssituationen zu berücksichtigen, sind Textgrundlagen erforderlich, die das Verstehen monologischer Kommunikationssituationen **und** dialogischer Kommunikationssituationen überprüfen (vgl. Kapitel 2 Prüfungsspezifikationen).

Beispiele für	
monologisches Sprechen	**dialogisches Sprechen**
• Podcast • Nachrichten • Sprachnachrichten • Reportage • Kommentar • Vortrag, Rede • Vorlesung • Hörbuchauszug • Audioguide	• Podcast • Interview • Reportage • Diskussion • Debatte • Gespräch • Hörspiel

Zur Überprüfung des globalen Hörverstehens eignen sich auch mehrere kürzere Hörimpulse („Textschnipsel“). Es ist empfehlenswert, in diesem Zusammenhang Hörtexte auszuwählen, die unter einem gemeinsamen thematischen Dach stehen. Dadurch kann vermieden werden, dass die Schülerinnen und Schüler aufgrund themenspezifischer Signalwörter auf die richtige Lösung schließen können, ohne die zentrale Aussage der einzelnen Impulse verstanden haben zu müssen.

Grundsätzlich nicht zur Überprüfung der Hörverstehenskompetenz geeignet sind:

- audiovisuelle Dokumente, deren visuelle Informationen bedeutungstragend sind; i. d. R. vermitteln audiovisuelle Dokumente wichtige Informationen visuell, die bei einer rein auditiven Präsentation verloren gehen,
- ironische, humorvolle Texte, da die Auslegung von Witz und Ironie sehr subjektiv ist,
- stark verdichtete Hörtextformate wie z. B. *Poetry Slam*.

Eine Auswahl geeigneter Quellen für Hörtexte bündelt Kapitel 12.

5 Niveaudifferenzierungen

Der Schwierigkeitsgrad einer Hörverstehensaufgabe ergibt sich aus dem Zusammenspiel von Aufgabenapparat und Hörtext. Zu einem sehr schwierigen Text können einfache Aufgaben erstellt werden, wenn sie das Hörinteresse auf spezifische inhaltliche Aspekte lenken und ein Verständnis des gesamten Textes in all seinen Details nicht voraussetzen.

Die Bewältigung von Hörverstehensaufgaben stellt für viele Schülerinnen und Schüler eine Herausforderung dar, da sie im Gegensatz zum Leseverstehen den Prozess nicht selbstständig steuern können. Erfahrungsgemäß tendieren insbesondere schwächere Schülerinnen und Schüler dazu, jedes einzelne Wort verstehen zu wollen und vergessen dabei, sich auf wesentliche Informationen zu konzentrieren, die ihnen durch die Items vorgegeben werden. Der Vermittlung und dem Aufbau entsprechender Hörstrategien kommt daher eine besondere Bedeutung zu.

Um einen angemessenen Schwierigkeitsgrad zu finden, welcher das geforderte Niveau adäquat abbildet und den Anforderungen der Kursart progressiv mit Blick auf die Anforderungen im Abitur Rechnung trägt, sind die im Folgenden aufgeführten Kriterien hilfreich. Einen Hörtext zu finden und dazu eine Aufgabe zu konzipieren, die alle Kriterien gleichermaßen erfüllt, ist nahezu unmöglich. Die folgenden Merkmale bieten jedoch eine wertvolle Orientierung bei der Textauswahl. Sie basieren auf den Kompetenzanforderungen der nordrhein-westfälischen Kernlehrpläne am Ende der Qualifikationsphase.

Kriterien zur Zuordnung von Textgrundlagen			
	Grundkurs neu einsetzend *Die Schülerinnen und Schüler können Äußerungen und authentische Hör- bzw. Hörsehtexte zu vertrauten Themen verstehen, sofern deutlich artikulierte repräsentative Varietäten der Zielsprache verwendet werden.*	**Grundkurs fortgeführt** *Die Schülerinnen und Schüler können Äußerungen und authentische Hör- bzw. Hörsehtexte zu weitgehend vertrauten Themen verstehen, sofern repräsentative Varietäten der Zielsprache verwendet werden.*	**Leistungskurs** *Die Schülerinnen und Schüler können komplexe Äußerungen und authentische Hör- bzw. Hörsehtexte zu auch wenig vertrauten Themen verstehen (F: bzw. im Wesentlichen verstehen), auch wenn nicht immer repräsentative Varietäten der Zielsprache verwendet werden oder schnell gesprochen wird.*
Inhalt			
Vertrautheitsgrad der Themen	vertraute Themen gemäß KLP GOSt interkulturelle Kompetenzen/Orientierungswissen/Abiturvorgaben	weitgehend vertraute Themen gemäß KLP GOSt interkulturelle Kompetenzen/Orientierungswissen/Abiturvorgaben	auch wenig vertraute Themen gemäß KLP GOSt interkulturelle Kompetenzen/Orientierungswissen/Abiturvorgaben
Strukturiertheit	• klare und unkomplizierte Darstellung • eindeutige Linearität (z. B. Frage – Antwort, Pro-/Kontra, klar abgegrenzte Themenblöcke; klare Gedankenführung)	• nachvollziehbare thematische Blöcke • auch weniger lineare Argumentationsstruktur • ggf. Rückgriffe auf und Anknüpfen an bereits Gesagtes	• fließende Übergänge zwischen verschiedenen Aspekten • ggf. Gedankensprünge/Aufhebung der Chronologie • ggf. Rückgriffe auf und Anknüpfen an bereits Gesagtes

Kriterien zur Zuordnung von Textgrundlagen			
	Grundkurs neu einsetzend *Die Schülerinnen und Schüler können Äußerungen und authentische Hör- bzw. Hörsehtexte zu vertrauten Themen verstehen, sofern deutlich artikulierte repräsentative Varietäten der Zielsprache verwendet werden.*	**Grundkurs fortgeführt** *Die Schülerinnen und Schüler können Äußerungen und authentische Hör- bzw. Hörsehtexte zu weitgehend vertrauten Themen verstehen, sofern repräsentative Varietäten der Zielsprache verwendet werden.*	**Leistungskurs** *Die Schülerinnen und Schüler können komplexe Äußerungen und authentische Hör- bzw. Hörsehtexte zu auch wenig vertrauten Themen verstehen (F: bzw. im Wesentlichen verstehen), auch wenn nicht immer repräsentative Varietäten der Zielsprache verwendet werden oder schnell gesprochen wird.*
Inhalt			
Informationsdichte (inhaltlich)	• übersichtliche Anzahl von Aspekten in klar abgegrenzter Präsentation • längeres Verweilen bei einem Aspekt	• explizit erschließbare Textaussagen • auch längeres Verweilen bei einem Aspekt • ggf. Redundanzen	• dichte, rasche Abfolge einer Vielzahl unterschiedlicher Aspekte
inhaltliche Präzision der Ausführungen, Klarheit	• eindeutige, explizite Textaussagen	• auch implizite Textaussagen (z. B. Einstellungen, Meinungen, Stimmungen) • erfordert ggf. Rückschlüsse	• auch offene, nuancierte oder implizite Textaussagen (z. B. Einstellungen, Meinungen, Stimmungen) • erfordert ggf. Rückschlüsse
Abstraktionsgrad (Ideen)	gering • konkrete Aussagen und Sachverhalte, ggf. anhand von Beispielen • hoher Lebensweltbezug	mittel • auch abstrakte Ideen, die an konkrete Beispiele angelehnt sind • stärkere Lösung von gegenständlichen Themen	hoch • auch abstrakte, nicht gegenständliche Konzepte (z. B. Demokratie)
Sprecherperformanz			
Sprechgeschwindigkeit	relativ langsam, moderat	durchschnittlich	auch schnell
Deutlichkeit der Artikulation	• sinnunterstützende Intonation • sehr geläufige, weit verbreitete Verschleifungen möglich	ggf. • Verschleifungen • gängige Verkürzungen • Assimilation	ggf. • Elision von Vokalen • Verkürzungen • Assimilation
Varietät (regional, sozial, situativ)	• vertraut und moderat • wenige typische Abweichungen von der Standardsprache in Phonetik, Grammatik und Lexik	• geläufig und repräsentativ • auch Abweichungen von der Standardsprache in Phonetik, Grammatik und Lexik	• auch weniger geläufig, nicht repräsentativ und nicht vertraut, z. B. aus Südafrika, Neuseeland bzw. Senegal, Quebec
Sprecherwechsel (nur dialogisch)	• klar abgegrenzte Gesprächsbeiträge • ggf. explizite Signale im Gesprächsverlauf, z. B. Moderatorin/Moderator adressiert Sprecherin/Sprecher	• klar abgegrenzte Gesprächsbeiträge • ggf. explizite Signale im Gesprächsverlauf, z. B. Moderatorin/Moderator adressiert Sprecherin/Sprecher	• auch Überlappungen und gegenseitige Unterbrechungen

6 Allgemeine Konstruktionsprinzipien

Es ist bekannt, dass Aufgaben zur isolierten Überprüfung spezifischer Fertigkeiten die Gütekriterien der **Validität** (Gültigkeit), **Reliabilität** (Zuverlässigkeit) sowie der **Objektivität** (vgl. Grotjahn & Kleppin, 2015) erfüllen müssen. Valide sind Aufgaben, die das prüfen, was sie zu prüfen vorgeben, da sie

- Anforderungen an die Bewältigung von auditiven Kommunikationssituationen stellen, wie sie in der Realsituation vorkommen,
- die Anforderungen des Kernlehrplans GOSt gut repräsentieren (curriculare Validität).

Reliable Aufgaben führen selbst bei wiederholtem Einsatz oder bei unterschiedlichen Bewerterinnen und Bewertern stets zu einem gleichen Ergebnis der Prüfungsleistung.

Objektive Aufgaben lassen keinen Ermessensspielraum bei der Beurteilung der Lösungsqualität zu. Daher sollten im Kontext von Leistungsmessungen geschlossene und halb offene Aufgabenformate offenen Formaten vorgezogen werden, da sie sicherstellen, dass eindeutig richtige bzw. falsche Lösungen identifizierbar sind. Nur so kann sichergestellt werden, dass die Bewertung der Schülerleistungen vergleichbar ist.

Für die Aufgabenentwicklung bzw. Einschätzung der Qualität von Hörverstehensaufgaben bedeutet das, dass die Aufgaben spezifische Kriterien erfüllen müssen, damit sie die Hörverstehenskompetenz von Schülerinnen und Schülern valide, reliabel und objektiv überprüfen. Um dies zu gewährleisten, sind umfangreiche Testungen von Hörverstehensaufgaben notwendig. Für die schulische, dezentrale Überprüfung des Hörverstehens ist dies verständlicherweise nicht realisierbar. Daher greift hier das Gütekriterium der **Praktikabilität**. Die Aufgabenentwicklung bzw. Auswahl von Hörverstehensaufgaben muss sich in diesem Kontext auf Prinzipien stützen, die wissenschaftlich abgesichert sind (vgl. Übersicht allgemeine Konstruktionsprinzipien (nachfolgend) sowie Kapitel 2 Spezifikationen).

Die Berücksichtigung gewisser Konstruktionsprinzipien ist daher ein wichtiges Qualitätsmerkmal guter Aufgaben und sollte die Grundlage der Aufgabenkonstruktion bilden. Ungeachtet der Überprüfung einer spezifischen Hörabsicht erfüllen gute Aufgaben i. d. R. folgende vorrangige Konstruktionsprinzipien:

<table>
<tr><th colspan="3">Allgemeine Konstruktionsprinzipien</th></tr>
<tr><th>LEITENDES PRINZIP
Die Items …</th><th>ERLÄUTERUNG</th><th>ZIEL</th></tr>
<tr><td>1. sind auf die relevanten Textaussagen gerichtet.</td><td>Anknüpfung an ein natürliches Hörinteresse (Anlass- oder Kontextbezug, Situation, Thema)</td><td>Die Items überprüfen das Verständnis zentraler Textaussagen.</td></tr>
<tr><td>2. sind so kurz wie möglich.</td><td>Reduktion der notwendigen Leseleistung</td><td rowspan="2">Die Items müssen schnell erfassbar sein.</td></tr>
<tr><td>3. sind klar und eindeutig.</td><td>Vermeidung von:
• komplexen Formulierungen
• Passivkonstruktionen
• Verneinungen (insbesondere von indirekten)
• Pronomina</td></tr>
</table>

Allgemeine Konstruktionsprinzipien		
LEITENDES PRINZIP Die Items ...	**ERLÄUTERUNG**	**ZIEL**
	Verwendung von: • vertrautem und leicht erschließbarem Vokabular • einfachen grammatischen/syntaktischen Strukturen • parallelen Satzstrukturen in den Optionen • Namen und Bezeichnungen	*Die Items müssen schnell erfassbar sein.*
4. folgen einem **Ordnungsprinzip**.	Die Antwortoptionen sind • möglichst gleich lang, • von kurz nach lang sortiert.	
5. sind **textchronologisch** und **ausgewogen** über den Text **verteilt**.	Die Items leiten durch den Text. (Vermeidung irritierender Pausen oder einer Überforderung durch zu schnelle Taktung der Items.)	*Die Items überprüfen das Hörverstehen und nicht die Gedächtnisleistung.*
6. sind **nur mit**hilfe des **Textes erschließbar**.	Items sind • nicht allein durch Weltwissen lösbar, • stets in allen Antwortoptionen plausibel.	*Die Items prüfen das Hörverständnis und nicht das soziokulturelle Orientierungswissen.*
7. sind mit all ihren Antwortmöglichkeiten im Text **verankert**.	Die inhaltlichen Ideen aller Antwortoptionen sind dem Text entlehnt.	
8. sind voneinander **unabhängig**.	Items geben keine Lösungshilfen für andere Items vor.	*Die Items prüfen das Hörverständnis und keine Test-Taking-Strategien.*
9. sind **paraphrasiert**.	Formulierungen stammen nicht wörtlich aus dem Text.	*Die Items überprüfen das Textverständnis und nicht das Wiedererkennen von Begriffen.*
10. sind **trennscharf**.	• Antwortoptionen sind klar voneinander zu unterscheiden. • Es gibt nur eindeutig richtige und eindeutig falsche Antworten.	*Die Items überprüfen das Verstehen von Äußerungen und nicht das Deuten von Antwortoptionen.*

Idealerweise vereint eine Aufgabe diese allgemeinen Konstruktionsprinzipien. Unterschiedliche Aufgabenformate erfordern weitere Aspekte, die zu berücksichtigen sind, damit die Schülerinnen und Schüler eine faire Chance haben, Aufgaben im Sinne der Kompetenzanforderungen lösen zu können, bzw. damit Aufgaben das überprüfen, was sie zu prüfen vorgeben (siehe Gütekriterien).

Die spezifischen Anforderungen, welche die unterschiedlichen geschlossenen Aufgabenformate zur Überprüfung des Hörverstehens stellen, werden in den Kapiteln 8 und 9 konkretisiert.

7 Aufgabenstellung von Hörverstehensaufgaben

7.1 Titel und Kontextualisierung

Ein prägnanter Aufgabentitel sowie eine kurze Kontextualisierung leiten die Hörsituation ein und bieten somit den Schülerinnen und Schülern eine inhaltliche und sprachliche Vorentlastung, so dass sie

- sich auf das Thema einstellen können,
- Hypothesen über den möglichen Inhalt bilden können,
- ihr Hintergrund-, Welt- und Erfahrungswissen aktivieren können,
- sich auf die sprachliche Varietät einstellen können.

Dies erreichen der Titel und die Kontextualisierung zu einer Aufgabe, indem sie wichtige hörerlenkende Hinweise z. B. zu folgenden Aspekten geben:

- dem thematischen Rahmen der Hörsituation,
- dem Anlass der Hörsituation,
- der Anzahl der Sprecherinnen und Sprecher,
- der Rolle der Sprecherinnen und Sprecher (z. B. Experte – Laie, Vorgesetzter – Mitarbeiter, Journalist – Gast, Eltern – Kind),
- der Bezugskultur, in die die Kommunikationssituation eingebettet ist.

Die Kontextualisierung darf dabei keine Inhalte vorwegnehmen, die eine Lösung der Items vor dem Hören ermöglichen.

Die folgenden Beispiele illustrieren Titel und Kontextualisierung in ihrer hörerlenkenden Funktion.

Aufgabenbeispiel Englisch	Erläuterungen
How Facebook works ...	**Titel** → Darstellung des Themas
In ***2016,***	**Jahreszahl** → zeitliche Einordnung des Hörtextes
in the ***NPR program "All Tech Considered"***	**Format des Hörtextes** → Spezifizierung des Hörformats → Spezifizierung des Anlasses
host Steve Inskeep *is talking to* ***reporter Aarti Shahani***	**Sprecherinnen/Sprecher** → Hinweis auf die Anzahl der zu erwartenden Sprecherinnen und Sprecher → Rollendefinition
about ***how Facebook deals with inappropriate posts.***	**Thema** → Konkretisierung des Themas

Aufgabenbeispiel Französisch	Erläuterungen
L'École Thot	**Titel** → Darstellung des Themas
Dans le ***reportage « L´École Thot »****,*	**Format des Hörtextes** → Spezifizierung des Hörformats → Spezifizierung des Anlasses
le journaliste Edouard Zambeaux présente	**Sprecherinnen/Sprecher** → Rollendefinition
une ***école spécialisée****.*	**Thema** → Konkretisierung des Themas
Écoutez ***l'interview***	**Spezifizierung des kommunikativen Rahmens**
avec ***Judith Aquien, la fondatrice de l'école****.*	**Sprecherinnen/Sprecher** → Rollendefinition → Hinweis auf die Anzahl der zu erwartenden Sprecherinnen und Sprecher

7.2 Instruktionen

Nach der situativen Einbettung des Hörtextes folgen die Instruktionen, die den Schülerinnen und Schülern Hilfestellungen zur erfolgreichen Aufgabenbewältigung geben sollen. Die Instruktionen geben wichtige Hinweise

- zum Aufgabenformat,
- zum Umfang der erwarteten Antworten,
- zur Art und Weise, wie die Beantwortung der Items erfolgen soll,
- zum Ablauf der Hörverstehensüberprüfung.

Aufgabenbeispiel Englisch	Erläuterungen
Listen to this speech:	**Operationalisierung der erwarteten kommunikativen Handlung**
While listening, ***tick the correct answer***	**Hinweis zum Aufgabenformat:** geschlossenes Aufgabenformat/Mehrfachwahlaufgabe **Hinweis zur erwarteten Antwort:** eine richtige Lösung
or ***complete the missing information****.*	**Hinweis zum Aufgabenformat:** halb offenes Aufgabenformat/Ergänzungsaufgabe **Hinweis zur erwarteten Antwort:** Notieren von Schlüsselwörtern
Now read the items*.*	**Operationalisierung der erwarteten kommunikativen Handlung**
You have ***2 minutes*** *to do this.*	**Hinweis zum Ablauf**
In 30 seconds *you will* ***hear the text again*** *so you can check your answers.*	**Hinweis zum Ablauf**

Aufgabenbeispiel Französisch	Erläuterungen
Lisez les propositions ci-dessous.	**Operationalisierung der erwarteten kommunikativen Handlung**
*Vous avez **90 secondes**.*	**Hinweis zum Ablauf**
Vous allez écouter le texte deux fois.	**Hinweis zum Ablauf**
Cochez la bonne réponse.	**Hinweis zum Aufgabenformat:** geschlossenes Aufgabenformat/Mehrfachwahlaufgabe **Hinweis zur erwarteten Antwort:** eine richtige Lösung
Écoutez le texte une deuxième fois.	**Hinweis zum Ablauf**

Die Formulierung der Instruktionen erfolgt auf der Grundlage eines Grundstocks bundesweit einheitlicher verbindlicher Operatoren[2], die im Folgenden für die Fächer Englisch und Französisch aufgeführt werden.

Englisch[3]	
Operator	**Illustrierendes Aufgabenbeispiel**
complete *fill in*	Complete the sentences below using 1 to 5 words. Fill in the missing information using about 1 to 5 words.
list *name*	List the most important aspects mentioned in the discussion.
match	Match each person with one of the pictures. There is one more picture than you need.
state	State the ideas supported by speaker A.
tick	Tick the correct answer.

Französisch[4]	
Operator	**Illustrierendes Aufgabenbeispiel**
associer	Associez chaque dialogue à une image.
cocher	Cochez la bonne réponse.
compléter	Complétez le texte à trou.
énumérer	Enumérez quatre aspects qui caractérisent l'univers des jeunes d'aujourd'hui.
noter	Le document sonore donne plusieurs exemples de la façon dont les Français célèbrent la fête nationale. Notez-en deux.
relier	Reliez le début de la phrase avec une des solutions possibles.
répondre	Répondez brièvement aux questions en notant l'information demandée.
terminer	Terminez la phrase en tenant compte des informations données dans le document sonore.

2 Operatorenlisten Englisch und Französisch des IQB abrufbar unter: https://www.iqb.hu-berlin.de/abitur/dokumente/franzoesisch und https://www.iqb.hu-berlin.de/abitur/dokumente/englisch [15.09.2020].
3 vgl. Grundstock Operatoren des IQB, abrufbar unter: https://www.iqb.hu-berlin.de/abitur/dokumente/englisch/
4 vgl. Grundstock Operatoren des IQB, abrufbar unter: https://www.iqb.hu-berlin.de/abitur/dokumente/franzoesisch/

Die in Nordrhein-Westfalen verbindlichen Operatorenübersichten können auf den Fachseiten der Standardsicherung im Bildungsportal des Landes Nordrhein-Westfalen unter der Rubrik Zentralabitur GOSt und Zentralabitur WbK aufgerufen werden.

https://www.standardsicherung.schulministerium.nrw.de/cms/zentralabitur-gost/uebersicht/uebersicht-abi-gost.php

8 Aufgabenformate

Hörverstehen kann durch unterschiedliche Formate überprüft werden. Welches Format gewählt wird, hängt von der Intention der Überprüfung (Was soll konkret überprüft werden?) und vom Zweck der Überprüfung ab (Wozu soll überprüft werden?).

Im Folgenden werden Aufgabenformate vorgestellt, die sich zur Überprüfung in Kontexten der Leistungsmessung eignen und im Abitur ab 2025 zur Anwendung kommen. Formate, wie z. B. offene Aufgabenformate und Richtig-Falsch-Formate, eignen sich eher für die Förderung der Kompetenzentwicklung im Unterricht, da sie keine zuverlässige, standardisierte Auswertung und Korrektur zulassen (subjektiver Bewertungsspielraum, vgl. Gütekriterien Kapitel 6). Aufgabenformate, die etwa eine Begründung erfordern, eignen sich ebenfalls nicht zur Leistungsmessung, da sie Anforderungen an die Schülerinnen und Schüler stellen, die nichts mit der eigentlichen Hörverstehenskompetenz zu tun haben (z. B. Gedächtnisleistungen; vgl. auch allgemeine Konstruktionsprinzipien, Kapitel 6). Aufgabenformate, wie z. B. die Zuordnung von Bildern zu Hörimpulsen, das Verbinden von Aussagen oder die Ergänzung eines Lückentextes, erscheinen mit Blick auf die Anforderungen an die Hörverstehenskompetenz in der gymnasialen Oberstufe nicht geeignet.

Zur Überprüfung des Hörverstehens in schriftlichen Arbeiten/Klausuren eignen sich insbesondere (vgl. Spezifikationen, Kapitel 2):

- Mehrfachwahlaufgaben
- Kurzantworten
- Ergänzungsaufgaben
- Zuordnungsaufgaben

Die in Kapitel 6 gebündelten allgemeinen Konstruktionsprinzipien gelten für alle Aufgabenformate. Sie werden im Folgenden spezifiziert durch Anforderungen, die einzelne Aufgabenformate mit sich bringen.

8.1 Aufgabenformat Mehrfachwahlaufgabe – multiple choice/ question à choix multiple

Im Aufgabenformat Mehrfachwahlaufgabe sind zusätzlich zu den allgemeinen Konstruktionsprinzipien insbesondere folgende Prinzipien zu berücksichtigen:

AUFGABENSTAMM		
LEITENDES PRINZIP Der Aufgabenstamm …	**ERLÄUTERUNG**	**ZIEL**
1. gibt **notwendige Informationen** in **knapper Form**.	Der Aufgabenstamm schafft die erforderliche Voraussetzung für ein zielgerichtetes Hören.	*Der Stamm leitet das Hörinteresse.*
2. ermöglicht **Orientierung** im Text.		

<table>
<tr><th colspan="3">ANTWORTOPTIONEN</th></tr>
<tr><th>LEITENDES PRINZIP
Die Antwortoptionen sind ...</th><th>ERLÄUTERUNG</th><th>ZIEL</th></tr>
<tr><td>3. durchweg inhaltlich und kontextuell plausibel.</td><td>Die Antwortoptionen lassen sich nicht vor dem Hören bereits ausschließen.</td><td rowspan="3">Die Items überprüfen Hörverstehen und keine Test-Taking-Strategien.</td></tr>
<tr><td>4. grammatikalisch einheitlich formuliert.</td><td rowspan="2">Die Antwortoptionen sollen für die Prüflinge augenscheinlich gleichwertig sein.</td></tr>
<tr><td>5. gleichermaßen abstrakt/ konkret.</td></tr>
</table>

8.2 Aufgabenformat Kurzantworten – short questions – short answers/réponses courtes

Im Aufgabenformat „Kurzantworten“ sind zusätzlich zu den allgemeinen Konstruktionsprinzipien insbesondere folgende Prinzipien zu berücksichtigen:

LEITENDES PRINZIP Die Items ...	ERLÄUTERUNG	ZIEL
1. sind **eng formuliert**.	Die Items geben eine spezifische Hörintention vor.	*Die Items leiten das Hörinteresse des Prüflings und ermöglichen passgenaue Antworten.*
2. stellen **keine Entscheidungsfragen**.	Antwortmöglichkeiten, wie z. B. ja/nein, richtig/falsch, müssen vermieden werden.	*Die Ratewahrscheinlichkeit wird reduziert.*
3. ermöglichen **kurze Antworten**.	Die Beantwortung muss in Stichworten statt in vollständigen Sätzen möglich sein.	*Die Items überprüfen rezeptive statt produktive Fertigkeiten.*

8.3 Aufgabenformat Ergänzungsaufgabe – table completion/ compléter le tableau

Im Aufgabenformat „Ergänzungsaufgabe“ gelten zusätzlich zu den allgemeinen Konstruktionsprinzipien insbesondere die Prinzipien, die im Aufgabenformat „Kurzantworten“ von großer Bedeutung sind. Die Ergänzungsaufgaben sind wie die Aufgaben im Format „Kurzantworten“ so zu konzipieren, dass die Anforderungen an die selbstständige Sprachproduktion so gering wie möglich sind.

8.4 Aufgabenformat Zuordnungsaufgabe – *matching/appariement*

Zuordnungsaufgaben eignen sich in besonderem Maße zur Überprüfung des **Globalverstehens**. Im Aufgabenformat „Zuordnungsaufgabe“ sind zusätzlich zu den allgemeinen Konstruktionsprinzipien insbesondere folgende Prinzipien zu berücksichtigen:

<table>
<tr><th>LEITENDES PRINZIP</th><th>ERLÄUTERUNG</th><th>ZIEL</th></tr>
<tr><td>1. Die Anzahl der Optionen übersteigt die der richtigen Antworten.</td><td>Wenn ein Prüfling alle Optionen richtig zuordnet, löst er automatisch die letzte Option richtig.
Folgefehler sollen vermieden werden.</td><td>Alle Zuordnungen erfordern Hörverstehen.</td></tr>
<tr><td>2. Die Optionen fokussieren Hauptaussagen.</td><td rowspan="2">Es muss vermieden werden, dass die Prüflinge über das selektive Heraushören spezifischer Schlüsselwörter bereits die richtige Option erschließen können.</td><td rowspan="2">Die Prüflinge müssen Sinnzusammenhänge konstruieren statt spezifische Begriffe wiedererkennen.</td></tr>
<tr><td>3. Die Hörtexte sind thematisch verwandt.</td></tr>
<tr><td>4. Anzahl und Umfang der Optionen und Hörtexte dürfen nicht zu hoch sein.</td><td>Die Anforderungen an die Behaltensleistung müssen so gering wie möglich gehalten werden.</td><td>Es soll Hörverstehen überprüft werden und nicht die Flexibilität des Arbeitsgedächtnisses.</td></tr>
</table>

9 Kommentierte Aufgabenbeispiele Englisch/ Französisch

Ziel dieses Kapitels ist die Illustration der im Abitur zur Anwendung kommenden[5] Aufgabenformate an konkreten Beispielen. Im Abitur werden mehrere Aufgaben kombiniert, die zusammen genommen folgende Anforderungen erfüllen (vgl. Kapitel 2: Spezifikationen Hörverstehen):

- Berücksichtigung aller Hörabsichten,
- Berücksichtigung unterschiedlicher Kommunikationssituationen (monologisch und dialogisch),
- Berücksichtigung verschiedener Varietäten (außer neu einsetzende Fremdsprache),
- Berücksichtigung verschiedener inhaltlicher Schwerpunkte des KLP.

Die Aufgabenbeispiele können digital im Bildungsportal des Landes Nordrhein-Westfalen in den Fachportalen Englisch/Französisch der Standardsicherung Zentralabitur GOSt aufgerufen werden.[6]

Englisch

Französisch

9.1 Aufgabenformat Mehrfachwahlaufgabe – multiple choice/ questions à choix multiple

9.1.1 Aufgabenbeispiel Englisch: Longest reigning monarch

Kursniveau	GK ☐		LK ☒	
GeR-Niveau	B2 mit Anteilen an C1			
Länge	3:48			
Überprüfte Kompetenz	☒ Verstehen eines monologischen Textes		☐ Verstehen eines dialogischen Textes	
	global ☒	selektiv ☐	detailliert ☒	inferierend ☐
KLP Bezug **Bezug zu den Vorgaben 2022**	**Politische, soziale und kulturelle Wirklichkeiten und ihre historischen Hintergründe** Das Vereinigte Königreich im 21. Jahrhundert – Selbstverständnis zwischen Tradition und Wandel *Tradition and change in politics and society: monarchy and modern democracy*			
Materialgrundlage	https://parliamentlive.tv/event/index/56fe1db5-095c-4ce8-bb0b-bef2a39568f9?in=11:34:03 (11:34:03–11:35:47, 11.36:44–11:37:51, 11:38:19–11:38:26, 11:38:43–11:39:22)			

5 Vgl. bezogen auf das jeweilige Prüfungsjahr auch die Abiturvorgaben unter www.standardsicherung.schulministerium.nrw.de.

6 Lehrkräfte aus NRW erhalten die Zugangsdaten von ihrer Schule.

Bei der vorliegenden Aufgabe handelt es sich um einen Auszug aus einer politischen Rede des früheren britischen Premierministers David Cameron, wie sie häufig in den Nachrichten vorkommt. Die Aufgabe entspricht damit einer Alltagssituation sowie einem Hörinteresse zur Teilhabe am öffentlichen Leben. Inhaltlich geht es um Tradition und Wandel der konstitutionellen Monarchie in Großbritannien und um die Rolle von Königin Elizabeth II. Damit bezieht sich der Text im Bereich des Orientierungswissens auf den inhaltlichen Schwerpunkt des Kernlehrplans *Das Vereinigte Königreich im 21. Jahrhundert – Selbstverständnis zwischen Tradition und Wandel.*

Das Sprechtempo des Redners ist gemäßigt und prononciert. Der Sprecher verwendet repräsentatives[7], bildungssprachliches Englisch britischer Varietät. Der Text folgt einer klaren linearen Struktur.

Es ist davon auszugehen, dass ähnliche Reden im Unterricht regelmäßig gehört und bearbeitet wurden. Die Itemformulierungen setzen beim Hören deutliche Ankerpunkte und bieten den Prüflingen somit entsprechende Orientierungen. Allerdings erfolgt die Itemabfolge relativ schnell aufeinander, was die Anforderungen an das Detailverständnis erhöht. Vor diesem Hintergrund ist die Aufgabe für den Leistungskurs konzipiert.

Longest reigning monarch

Kontextualisierung: Angabe zum Hörformat, thematischen Rahmen, Anlass, Zeit und Ort

When Queen Elizabeth II became Britain's longest reigning monarch on 9 September 2015, David Cameron, then Prime Minister, paid tribute to Her Majesty in the House of Commons.

Listen to this speech:
- While listening, tick the correct answer or complete the missing information.
- There is only one correct answer.
- Now read the items. You have 2 minutes to do this.

Aufgabenstamm:
- Vorgabe der Hörintention
- kurze, klare Formulierung
- Verwendung von Namen statt Pronomina

1. Cameron honours the Queen ...
   a) ☐ as it is traditionally done.
   b) ☐ against her express wish.
   c) ☐ at the royal family's request.
   d) ☐ because of public expectation.

Antwortoptionen: parallele Formulierung

2. Cameron describes the Queen's performance as ...
   a) ☐ ambitious.
   b) ☐ passionate.
   c) ☐ exceptional.
   d) ☐ cooperative.

7 Insgesamt ist sicherzustellen, dass Schülerinnen und Schüler im Verlauf der gymnasialen Oberstufe ihre Hörverstehenskompetenz auch im Kontext von nicht repräsentativen Varietäten entwickeln können und nachweisen müssen.

3. On her 21st birthday the Queen promised to ...
   a) ☐ have her coronation broadcast.
   b) ☐ visit all English-speaking countries.
   c) ☐ commit her life to her royal duties.
   d) ☐ improve international cooperation.

Orientierung:
On her 21st birthday ist eine exzeptionelle wörtliche Übernahme aus dem Hörtext, die der Erleichterung der Orientierung dient.

4. As head of state the Queen is associated with ...
   a) ☐ growing wealth.
   b) ☐ democratic Britain.
   c) ☐ Britain's imperial past.
   d) ☐ Britain's cultural heritage.

Anordnung der Antwortoptionen:
Sortierung von kurz nach lang zur besseren Lesbarkeit

5. The Queen has led Britain through a time of ...
   a) ☐ social conflict.
   b) ☐ financial crisis.
   c) ☐ national optimism.
   d) ☐ permanent transformation.

Paraphrase:
grundsätzliche Vermeidung von wörtlichen Übernahmen in den Antwortoptionen

6. In this period, the Queen has succeeded in ...
   a) ☐ hiding weaknesses.
   b) ☐ taking unforeseen risks.
   c) ☐ adjusting to modern times.
   d) ☐ accepting her institutional role.

Verteilung der Items:
relativ knappe Abfolge der Items 5 und 7; Leitlinie der Itemabfolge: kontextuelle Relevanz der überprüften Textaussage

7. Particularly, the Queen has helped to ...
   a) ☐ deal with religious diversity.
   b) ☐ secure economic prosperity.
   c) ☐ maintain order in periods of crisis.
   d) ☐ expand transcontinental relations.

Plausibilität:
fehlende Textverankerung in 7c); Leitlinie: inhaltliche Plausibilität, Beantwortung ohne Weltwissen oder Test-Taking-Strategien

8. The Queen has brought the monarchy closer to people. How? Name two examples.
   a) ______________________________
   b) ______________________________

Formatwechsel:
funktional begründet; sonst grundsätzlich vermeiden

9. Encounters with the Queen make people feel ...
   a) ☐ insecure.
   b) ☐ interested.
   c) ☐ impressed.
   d) ☐ intimidated.

Inferieren von Aussageintentionen:
Deuten von im Text nicht explizit benannten Aussagen

*Do this task **after** you've listened to the speech.*

Überprüfung des Globalverstehens: Funktionalität abhängig vom Hörtext und vorherigen Items

10. On the whole, Cameron presents the Queen as someone to ...
    a) ☐ look up to.
    b) ☐ be always right.
    c) ☐ stand for tradition.
    d) ☐ give people advice.

In one minute you will hear the text again so you can check your answers.

9.1.2 Aufgabenbeispiel Französisch: L'école Thot

Kursniveau	GK n ☐	GK f ☒		LK ☐
GeR-Niveau	B2			
Länge	2:10			
Überprüfte Kompetenz	☐ Verstehen eines monologischen Textes		☒ Verstehen eines dialogischen Textes	
	global ☐	selektiv ☐	detailliert ☒	inferierend ☐
KLP Bezug **Bezug zu den Vorgaben 2022**	**Vivre dans un pays francophone** Immigration und Integration *Vivre, bouger, étudier et travailler en ville et à la campagne (France et Belgique)*			
Materialgrundlage	https://www.franceinter.fr/emissions/peripheries/peripheries-28-octobre-2016 (0:00–0:55, 1:55–3:10)			

Die vorliegende Aufgabe basiert auf einem Auszug aus einer Reportage des Radiosenders RFI. Er greift die inhaltlichen Schwerpunkte des Kernlehrplans *Vivre dans un pays francophone* – Soziales und politisches Engagement sowie *(R)Évolutions historiques et culturelles* – Immigration und Integration auf. Der Themenkomplex ist von hoher gesellschaftlicher Bedeutung und kann bei den Schülerinnen und Schülern als vertraut vorausgesetzt werden.

In der Reportage wechseln sich längere monologische und dialogische Passagen ab. Die Sprecherwechsel der dialogischen Passagen sind eindeutig nachvollziehbar und durch klare Signale gekennzeichnet. Hinzu kommt, dass sich weibliche und männliche Stimmen abwechseln und die Rollen der Sprecherinnen und Sprecher (Journalist vs. Experte) klar zuzuordnen sind.

Die Sprechgeschwindigkeit ist normal, wenngleich einzelne Passagen durchaus schneller gesprochen werden. Alle Sprecherinnen und Sprecher verwenden ein standardsprachliches Französisch, welches ein eher formalsprachliches Register aufweist.

Das Thema Immigration und Integration wird an einem konkreten Beispiel illustriert. Zur Erschließung der Textaussagen können die Schülerinnen und Schüler externes Wissen heranziehen. Die Redebeiträge sind von einem hohen Maß themenspezifischen Vokabulars (Immigration, Integration, Schule) gekennzeichnet.

Vor dem Hintergrund des Vertrautheitsgrads des Themas sowie vor dem Hintergrund der sprachlichen und inhaltlichen Komplexität ist der Hörtext im Zusammenspiel mit den Items, die überwiegend auf das Erfassen konkreter Informationen ausgerichtet sind, für den fortgeführten Grundkurs am Ende der Qualifikationsphase geeignet.

L'École Thot

Dans le reportage « L'École Thot », le journaliste Edouard Zambeaux présente une école spécialisée. Écoutez l'interview avec Judith Aquien, la fondatrice de l'école.

- Lisez les propositions ci-dessous. Vous avez une minute.
- Vous allez écouter le texte deux fois.
- Cochez la bonne réponse.

1. L'école Thot est une école ...
   a) ☐ d'État.
   b) ☐ de langue.
   c) ☐ d'intégration.

2. L'école Thot a été fondée par ...
   a) ☐ des immigrés.
   b) ☐ la municipalité.
   c) ☐ des particuliers.

3. Les élèves ...
   a) ☐ sont au chômage.
   b) ☐ sont rarement allés à l'école.
   c) ☐ se préparent pour l'université.

4. La « méthode Thot » ...
   a) ☐ permet un apprentissage rapide.
   b) ☐ transmet des idées démocratiques.
   c) ☐ symbolise le rapprochement des cultures.

5. À la fin du cours, la plupart des élèves ...
   a) ☐ peuvent rester en France.
   b) ☐ veulent se présenter à un travail.
   c) ☐ réussissent aux examens de fin d'études.

6. La fréquentation de l'école est ...
   a) ☐ gratuite.
   b) ☐ d'un prix très bas.
   c) ☐ subventionnée par l'État.

Dans une minute vous allez écouter le texte une deuxième fois.

Kontextualisierung: Angaben zu Sprechenden (Anzahl, Name, Geschlecht), thematischem Kontext und Hörformat

Itemformulierung:
- vertrautes Vokabular
- kurze Formulierungen

Itemformulierung: parallele Formulierungen

Itemformulierung: einfache grammatische Strukturen

Anordnung der Antwortoptionen: Anordnung von kurz nach lang zur besseren Lesbarkeit

Verteilung der Items:
- gleichmäßige Verteilung
- Anknüpfung an inhaltliche Relevanz von Aussagen
- chronologische Abfolge

Paraphrase: Vermeidung wörtlicher Übernahmen aus dem Hörtext z. B. *passent des diplômes du DILF et du DELF* für Option c)

9.2 Aufgabenformat Kurzantworten – short questions – short answers/réponses courtes

9.2.1 Aufgabenbeispiel Englisch: Studying abroad

<table>
<tr><td>Kursniveau</td><td colspan="2">GK ☒</td><td colspan="2">LK ☐</td></tr>
<tr><td>GeR-Niveau</td><td colspan="4">B2 mit Anteilen an C1</td></tr>
<tr><td>Länge</td><td colspan="4">2:31</td></tr>
<tr><td rowspan="2">Überprüfte Kompetenz</td><td colspan="2">☒ Verstehen eines monologischen Textes</td><td colspan="2">☐ Verstehen eines dialogischen Textes</td></tr>
<tr><td>global ☐</td><td>selektiv ☐</td><td>detailliert ☒</td><td>inferierend ☐</td></tr>
<tr><td>KLP Bezug
Bezug zu den Vorgaben 2022</td><td colspan="4">Alltagswirklichkeiten und Zukunftsperspektiven junger Erwachsener
Lebensentwürfe, Studium, Ausbildung, Beruf international – Englisch als lingua franca
Studying and working in a globalised world
Politische, soziale und kulturelle Wirklichkeiten
Amerikanischer Traum – Visionen und Lebenswirklichkeiten in den USA
American myths and realities: freedom and success</td></tr>
<tr><td>Materialgrundlage</td><td colspan="4">https://www.youtube.com/watch?v=ReHAd7alpJ4</td></tr>
</table>

Die Aufgabe basiert auf einer ungekürzten Episode aus Kelly Galvins YouTube-Kanal. Kelly Galvin ist eine junge Amerikanerin, die in ihrem Clip junge Menschen zu einem Auslandsaufenthalt bzw. Studium im Ausland ermuntern möchte. Dafür teilt sie mit den Zuhörerinnen und Zuhörern die positiven Erfahrungen, die sie während ihres Auslandssemesters in Oxford gesammelt hat. Sie zählt abschließend die vielfältigen Vorteile auf, die Auslandsaufenthalte für die persönliche und professionelle Entwicklung junger Menschen haben können.

Da die Schülerinnen und Schüler in etwa dem Zielpublikum von Kelly Galvin entsprechen, ist ein deutlicher Lebensweltbezug erkennbar. Auch lässt sich der Hörtext an inhaltliche Schwerpunkte, wie *Lebensentwürfe, Studium, Ausbildung, Beruf international – Englisch als lingua franca*, im Bereich des soziokulturellen Orientierungswissens des Kernlehrplans GOSt anknüpfen, sodass die Thematik aus ähnlichen Hörtexten aus dem Unterricht bekannt sein dürfte.

Das Aufgabenformat „Kurzfragen“ leitet die Aufmerksamkeit auf spezifische Informationen, die kontextuell bedeutsam sind. Die Fragen entsprechen der Chronologie des Hörtextes und weisen deutliche Ankerpunkte auf.

Der monologische Text ist klar strukturiert und mit einer moderaten Sprechgeschwindigkeit vorgetragen. Die Sprecherin spricht repräsentatives Englisch amerikanischer Varietät mit einer sinnunterstützenden Intonation. Insgesamt ist der Hörtext sowohl inhaltlich als auch sprachlich für die Schülerinnen und Schüler leicht zugänglich und somit für das grundlegende Niveau geeignet. Obwohl es sich um ein audio-visuelles Dokument handelt, ist die visuelle Ebene nicht von Bedeutung und es kann daher als ein auditives Dokument eingesetzt werden (vgl. Textgrundlagen, Kapitel 5).

Studying abroad

Kelly Galvin presents her personal study abroad experiences in a YouTube channel that provides career guidance for girls. Listen to her statement.

- Read the questions. You have 1 minute to do this.
- Fill in the missing information.

1. Why did Kelly become interested in other countries at an early age?
   Name **one** reason.

   ____

   ____

2. According to Kelly, why does studying abroad broaden your horizon?
   Name **two** reasons.

   a) ______________________________

   b) ______________________________

3. What was special for Kelly during her time at Oxford?
   Name **two** aspects.

   a) ______________________________

   b) ______________________________

4. What alternatives to joining an international school program does Kelly recommend?
   Name **one**.

   ____

5. According to Kelly, why do you benefit from experiences abroad?
   Name **two** reasons.

   a) ______________________________

   b) ______________________________

In one minute you will hear the text again so you can check your answers.

Kontextualisierung:
Angaben zu Sprechenden (Anzahl, Name, Geschlecht), thematischem Kontext und Hörformat

Itemformulierung:
- vertrautes Vokabular
- einfache grammatische Strukturen
- Paraphrase
- Kürze

Relevanz:
Abfragen kontextuell wichtiger Aussagen

Itemunabhängigkeit:
vorherige bzw. nachfolgende Items dürfen keine Lösungen vorgeben

Itemformulierung:
enge Zuschneidung der Fragen zur Vermeidung zu großer Lösungsoptionen

Verteilung der Items:
- ausgewogene, chronologische Verteilung
- Fokussierung auf kontextuell relevante Aussagen
- keine Erschwernis durch zu schnelle Abfolge

9.2.2 Aufgabenbeispiel Französisch: À la recherche de Marcel Proust

Kursniveau	GK n ☐	GK f ☐	LK ☒	
GeR-Niveau	B2			
Länge	3:06			
Überprüfte Kompetenz	☒ Verstehen eines monologischen Textes		☐ Verstehen eines dialogischen Textes	
	global ☐	selektiv ☐	detailliert ☒	inferierend ☐
KLP Bezug **Bezug zu den Vorgaben 2022**	**Identités et questions existentielles** Lebensentwürfe und -stile im Spiegel der Literatur, Film- und Theaterkunst *Conceptions de vie et société : Images dans la littérature réaliste et naturaliste et dans des textes non-fictionnels contemporains*			
Materialgrundlage	http://www.zevisit.com/tourisme/eure-et-loir (0:00–0:12, 0:48–1:35, 2:10–4:15)			

Die Aufgabe wurde auf der Grundlage eines Auszugs aus einem *guide audio* über die französische Gemeinde Combray konzipiert. Der Hörtext lässt sich dem inhaltlichen Schwerpunkt des Kernlehrplans *Identités et questions existentielles* zuordnen, da er einerseits Hintergründe zu dem Autor Marcel Proust vorstellt und andererseits den Stellenwert des Werkes *À la recherche du temps perdu* für die frankophone Literatur und Gesellschaft thematisiert.

Der Hörtext wird durch wechselnde erzählerische Passagen gekennzeichnet, die wiederum intertextuelle Bezüge auf den Roman von Proust sowie Kommentare im Originalton enthalten. Adressat des Hörtextes ist ein an Literatur und touristischen Informationen interessiertes französischsprachiges Publikum mit literarischen Vorkenntnissen.

Das Sprechtempo der Redner ist gemäßigt und entspricht einem repräsentativen Standardfranzösisch ohne dialektale Einfärbung. Die Sprache hingegen ist teilweise sehr bildlich und komplex.

Die inhaltliche Komplexität und der Abstraktionsgrad des Themas, die thematischen Bezüge sowie das erforderliche Hintergrund- und Weltwissen zum Kontext bilden die Kriterien zur Auswahl des Hörtextes für das Leistungskursniveau am Ende der Qualifikationsphase.

À la recherche de Marcel Proust

Kontextualisierung: Angabe des thematischen Kontextes

Marcel Proust, grand écrivain français, est unique à avoir marqué le patrimoine culturel en France. Mais connaissez-vous les secrets derrière son œuvre « À la recherche du temps perdu » ? Plongez dans le monde proustien et découvrez toute la vérité.

Instruktionen:
- Angabe zur Einlesezeit
- Angabe zum erwarteten Lösungsumfang

- Lisez les questions ci-dessous.
- Vous avez deux minutes.
- Vous allez écouter le texte deux fois.
- Notez vos réponses courtes.

Relevanz: Konzentration auf kontextuell wichtige Aussagen

1. D'où vient l'idée de Proust pour son livre « À la recherche du temps perdu » ?

2. Quelle est la particularité du nom du village de « Combray » ?

____

____

3. Que veut dire « avoir le Proust » ?

____

____

4. À quelle occasion Proust a-t-il mangé des madeleines ?

____

____

5. En quoi la madeleine de Proust est-elle différente du gâteau original ? Nommez un aspect :

   a) gâteau original : ___________________________

   b) madeleine de Proust : ________________________

6. À quoi l'expression « la Petite Madeleine » fait-elle allusion?

____

7. La madeleine, que symbolise-t-elle ?

____

Dans une minute vous allez écouter le texte une deuxième fois.

Itemformulierung:
- vertrautes Vokabular
- einfache grammatische Strukturen
- Vermeidung von Pronomina
- knappe Formulierung
- Paraphrase

Abfolge der Items:
- chronologische Abfolge
- ausgewogene Verteilung
- keine Erschwernis durch zu schnelle Abfolge
- Konzentration auf kontextuell wichtige Aussagen

Itemformulierung:
enge Zuschneidung der Fragen zur Vermeidung zu großer Lösungsoptionen

9.3 Aufgabenformat Ergänzungsaufgabe – *table completion/ compléter le tableau*

9.3.1 Aufgabenbeispiel Englisch: How Facebook works ...

Kursniveau	GK ☒		LK ☐	
GeR-Niveau	B2 mit Anteilen an C1			
Länge	3:11			
Überprüfte Kompetenz	☐ Verstehen eines monologischen Textes		☒ Verstehen eines dialogischen Textes	
	global ☐	selektiv ☒	detailliert ☐	inferierend ☐
KLP Bezug **Bezug zu den Vorgaben 2022**	**Politische, soziale und kulturelle Wirklichkeiten** Medien in ihrer Bedeutung für den Einzelnen und die Gesellschaft **Globale Herausforderungen und Zukunftsvisionen** Chancen und Risiken der Globalisierung *The impact of globalisation on culture and communication*			
Materialgrundlage	https://www.npr.org/sections/alltechconsidered/2016/11/17/495827410/from-hate-speech-to-fake-news-the-content-crisis-facing-mark-zuckerberg?t=1582199975693 (0:00–2:34, 3:03–3:40)			

Die Grundlage der Aufgabe beruht auf einem Interview aus der Sendereihe „All Tech Considered" des US-amerikanischen Senders NPR (National Public Radio). Der Moderator befragt die NPR-Korrespondentin aus dem Silicon Valley dazu, mit welchen Maßnahmen die Firma Facebook gegen anstößige Beiträge auf ihren Seiten vorgeht und wie die Umsetzung dieser Maßnahmen gelingt.

Das Themengebiet soziale Medien ist den Schülerinnen und Schülern aus dem Englischunterricht vertraut, da sie dort sowohl sozio-kulturelles Orientierungswissen zu *Medien in ihrer Bedeutung für den Einzelnen und die Gesellschaft* erworben als auch neue Arten der Kommunikation in einer globalisierten Welt thematisiert haben (vgl. Vorgaben 2022: *The impact of globalisation on culture and communication*).

Ein Merkmal dieses Interviews ist, dass die Sprecherin und der Sprecher erfahrene Radiojournalisten sind, die klar und deutlich in amerikanischem Standard-Englisch sprechen. Durch die Interviewfragen, die der Moderator ruhig und in gemäßigtem Sprechtempo formuliert, können sich die Schülerinnen und Schüler gut in dem Hörtext orientieren.

Vertrautheit von Thema und Vokabular, gute Verständlichkeit der Sprecherin und des Sprechers sowie eine einfache, lineare Struktur des Hörtextes sind hier Merkmale für die Eignung der Aufgabe im Grundkurs.

Bei der Konstruktion des Formats „Ergänzungsaufgabe" müssen Abfolge und Dichte der Items es ermöglichen, dass die Schülerinnen und Schüler ihre Lösungen beim gleichzeitigen Hören aufschreiben können. Der Schwierigkeitsgrad einer Aufgabe darf sich nicht durch Faktoren (u. a. Taktung der Itemabfolge, Umfang der zu erbringenden Schreibleistung) bestimmen, da diese Faktoren nichts mit der eigentlichen Hörverstehensleistung zu tun haben.

Kontextualisierung: Angaben zu Sprechenden, thematischem Rahmen und Audioformat

Instruktionen:
- Angabe zu Anforderungen des Aufgabenformats und erwartetem Lösungsumfang
- Angabe zur Einlesezeit

Itemformulierungen:
- so kurz wie möglich
- klar und eindeutig
- enge Zuschneidung zur Vermeidung zu großer Lösungsmöglichkeiten
- Paraphrase

How Facebook works ...

In 2016, in the NPR program "All Tech Considered" host Steve Inskeep is talking to reporter Aarti Shahani about how Facebook deals with inappropriate posts.

- Listen to this interview.
- While listening, complete the table below. You need not write complete sentences.
- Now read the table. You have one minute to do this.

1.	Reason for reporting:	
2.	One controversial Facebook post:	
3.	Possible user reaction:	

4.	Forbidden topics (one example):	
5.	Facebook security measures:	
6.	Collaboration with:	
7.	Shortcomings of security measure (two aspects):	a) ______ b) ______
8.	Dominant trends in using Facebook (one example):	
9.	Shahani's opinion of Zuckerberg:	

Verteilung der Items:
- textchronologische Abfolge
- Konzentration auf kontextuell relevante Aussagen

Itemunabhängigkeit:
vorherige bzw. nachfolgende Items dürfen keine Lösungen vorgeben

Do this task **after** you've listened to the whole interview.

10.	Shahani's overall attitude to Facebook's monitoring system:	

Überprüfung des Globalverstehens:
Funktionalität abhängig vom Hörtext und vorherigen Items

In one minute you will hear the text again so you can check your answers.

9.3.2 Aufgabenbeispiel Französisch: Mylène, ancienne étudiante Erasmus

Kursniveau	GK n ☒	GK f ☐	LK ☐	
GeR-Niveau	B1 mit Anteilen an B2			
Länge	2:10			
Überprüfte Kompetenz	☒ Verstehen eines monologischen Textes		☐ Verstehen eines dialogischen Textes	
	global ☐	selektiv ☒	detailliert ☒	inferierend ☐
KLP Bezug **Bezug zu den Vorgaben 2022**	**Etre jeune adulte** Schul-, Studien- und Berufswahl *Vivre, bouger, étudier et travailler en ville et à la campagne (France et Belgique)*			
Materialgrundlage	Hörtext im Auftrag von QUA-LiS erstellt			

Der Hörtext ist ein längerer monologischer Redebeitrag in gemäßigter Sprechgeschwindigkeit. Er greift das Thema Studienwahl auf, das den inhaltlichen Schwerpunkten *Etre jeune adulte, Entrer dans le monde du travail* sowie *Défis et visions de l'avenir* zugeordnet werden kann. Der Vertrautheitsgrad des Themas ist hoch.

Die Sprecherin artikuliert sehr klar, macht sinnunterstützende Pausen und baut ihren Beitrag strukturiert auf.

Die Items der Aufgabe zielen auf das Verständnis spezifischer Fakten, die eindeutig aus dem Redebeitrag gefiltert werden können. Der Anforderungsgrad der Aufgabe steigert sich im Verlauf der Aufgabe. Während die Items anfangs im Sinne des Sich-Einhörens sehr einfach sind, nehmen die Anforderungen an die Verständniskonstruktion in den folgenden Items stetig zu. Der Aufgabenapparat ist in authentischer Abfolge strukturiert, wie es in typischen Formularen der Fall ist, die in spezifischen berufs-/studienbezogenen Kommunikationssituationen ausgefüllt werden müssen. Der zunehmende Komplexitätsgrad ergibt sich durch das gezielte Filtern spezifischer Informationen aus längeren Sinnabschnitten (Item 7) sowie der Anforderung an das selbstständige Formulieren der Antwort auf das letzte Item.

Die Abfolge der Items erfolgt in einer Taktung, die ein Hören bei gleichzeitigem Lesen und Notieren der gesuchten Antworten ermöglicht. Gleichzeitig konzentrieren sie sich auf ausschließlich kontextuell wichtige Informationen. Die Eigenschaften des Hörtextes sowie der ansteigende Schwierigkeitsgrad der Aufgaben führen zu der Einstufung der Aufgabe für die neu einsetzende Fremdsprache am Ende der Qualifikationsphase.

Mylène, ancienne étudiante Erasmus

Kontextualisierung: Angabe zu Sprechenden (Anzahl, Name, Geschlecht) und thematischem Kontext

Après le bac, prendre part à un programme d'échange Erasmus peut être intéressant pour vous. Mylène en a fait l'expérience. Faites sa connaissance.

Instruktionen:
- Angabe zu Anforderungen des Aufgabenformats und erwartetem Lösungsumfang
- Angabe zur Einlesezeit

- Lisez les données du tableau. Vous avez une minute.
- Vous allez écouter le texte deux fois.
- Complétez ensuite le tableau. Il ne faut pas écrire des phrases complètes.

Anforderungsniveau: gezieltes Abfragen spezifischer Informationen; Leitprinzip: leichte Einstiegsitems, steigende Anforderungen

1.	Prénom	*Mylène*
2.	Âge	
3.	En Allemagne depuis	
4.	État civil	

5.	Domicile	
6.	Lieux de ses études en Allemagne	
7.	Deux des avantages d'un séjour Erasmus	a) ______ b) ______
8.	Profit personnel de ses séjours à l'étranger	

Dans une minute vous allez écouter le texte une deuxième fois.

Itemformulierung:
- vertrautes Vokabular
- parallele Strukturen
- kurze Formulierungen
- Paraphrase
- enge Zuschneidung zur Vermeidung zu großer Lösungsoptionen

Chronologie: funktionale Durchbrechung der Chronologie vor dem Hintergrund der leichten Erschließbarkeit der Informationen sowie des Formats „Steckbrief"

9.4 Aufgabenformat Zuordnungsaufgabe – *matching/appariement*

9.4.1 Aufgabenbeispiel Englisch: An Eton experience

Kursniveau	GK ☒		LK ☐	
GeR-Niveau	B2 mit Anteilen an C1			
Länge	1:56			
Überprüfte Kompetenz	☒ Verstehen eines monologischen Textes		☐ Verstehen eines dialogischen Textes	
	global ☒	selektiv ☐	detailliert ☐	inferierend ☐
KLP Bezug **Bezug zu den Vorgaben 2022**	**Alltagswirklichkeiten und Zukunftsperspektiven junger Erwachsener** Lebensentwürfe, Studium, Ausbildung, Beruf international – Englisch als lingua franca *Studying and working in a globalised world*			
Materialgrundlage	http://www.bbc.co.uk/programmes/p03ly7yg (3:03–3:08; 3:16–3:36; 10:47–11:01; 12:56–12:57; 13:14–13:28; 15:48–16:04; 22:52–23:30)			

Grundlage der Aufgabe bildet ein Mitschnitt aus der BBC-Sendereihe *The Documentary Podcast*, die sich mit gesellschaftlichen Ereignissen, Persönlichkeiten und Herausforderungen in der Welt beschäftigt. Im vorliegenden Podcast trifft Penny Marshall verschiedene Akteure des Eton College, um sich mit ihnen über das Stipendienprogramm für sozial benachteiligte Studenten zu unterhalten. Der Hörtext bezieht sich somit inhaltlich auf das Themenfeld Alltagswirklichkeiten und Zukunftsperspektiven junger Erwachsener des Kernlehrplans mit dem Fokus auf dem inhaltlichen Schwerpunkt *Studying and working in a globalised world.*

Der 27-minütige Hörtext wurde gekürzt und präsentiert Auszüge aus Stellungnahmen von fünf Personen, die ihre jeweiligen Perspektiven und Erfahrungen zum Förderprogramm der Colleges darstellen.

Ziel der Aufgabe ist das globale Verstehen zentraler Aussagen der befragten Personen zum Förderprogramm des Eton College. Sie erzählen von ihren individuellen Erfahrungen als Studierende, Lehrkräfte oder Leitungspersonen. Die Wissenschaftlerin Abigail McKnight äußert sich aus wissenschaftlicher Perspektive. Das globale Verstehen der Aussagen wird im Rahmen einer Zuordnungsaufgabe überprüft. Die Schülerinnen und Schüler müssen die vorgegebenen Statements den jeweiligen Sprechern und der Sprecherin zuordnen. Dabei paraphrasieren die Statements der Items die Kernaussage der einzelnen Personen. Während die Items der Abfolge der Personen folgt, weichen die zuzuordnenden Statements bewusst von der Chronologie der Äußerungen ab. Eine Aussage kann den Sprechern bzw. der Sprecherin nicht zugeordnet werden. Dies ist erforderlich, damit keine Itemabhängigkeiten entstehen und um die Wahrscheinlichkeit von Folgefehlern zu reduzieren.

Die Sprechgeschwindigkeit des Hörtextes ist überwiegend gemäßigt und die Artikulation ist geprägt von einem britischen Akzent. Die letzte Sprecherin verschleift in ihrem Beitrag vereinzelt Laute, was den Schwierigkeitsgrad etwas erhöht. Die Sprecherbezüge sind bis auf eine Ausnahme insgesamt sehr deutlich markiert. Die sprachlichen Merkmale des Hörtextes sowie des Vertrautheitsgrades der Thematik legen eine Eignung für den Grundkurs Englisch nahe.

Kontextualisierung: Angabe des thematischen Kontexts, Audioformats, Anzahl und Namen der Sprechenden

Instruktionen:
- Angabe zu Anforderungen des Aufgabenformats
- Angabe zur Einlesezeit

Itemformulierung:
- kurze, leicht erfassbare Sätze
- parallele Strukturen
- Paraphrase von Hauptaussagen der Sprechenden
- Anzahl der zuzuordnenden Hauptaussage übersteigt die Anzahl der tatsächlich getätigten Aussagen
- Items stehen unter einem gemeinsamen thematischen Dach

Abfolge der Items: bewusstes Durchbrechen der Chronologie der Textaussagen

An Eton experience

Each year, poor students get a scholarship for the famous English boarding school Eton College. In this podcast, Penny Marshall invites scholars, regular students, teachers and researchers to talk about their experiences. Find out about the people's opinions on the scholarship programme starting with Simon Elliot.

- Listen to the speakers.
- While listening match the statements (A-F) to the speakers.
- Now read the statements. You have **one minute** to do this.

	Person *(in chronological order)*	Solution	Statements
1.	Head Simon Elliot		**A** Eton prepares graduates for future challenges. **B** Applying for a scholarship requires a lot of effort. **C** Scholarships will not promote general social equality. **D** Scholars profit from Eton, and the other way round. **E** Eton offers clubs in numerous academic and scientific fields. **F** There can be conflicts due to different financial backgrounds.
2.	A student		
3.	Omar Jamil		
4.	Simon Henderson		
5.	Abigail McKnight		

In one minute you will hear the text again so you can check your answers.

9.4.2 Aufgabenbeispiel Französisch: Le Louvre

Kursniveau	GK n ☒		GK f ☐	LK ☐
GeR-Niveau	B1 mit Anteilen an B2			
Länge	2:46			
Überprüfte Kompetenz	☒ Verstehen eines monologischen Textes		☐ Verstehen eines dialogischen Textes	
	global ☒	selektiv ☐	detailliert ☐	inferierend ☐
KLP Bezug **Bezug zu den Vorgaben 2022**	**Vivre dans un pays francophone** Regionale Diversität *Régions visées : Paris et le Midi*			
Materialgrundlage	https://www.francetvinfo.fr/replay-radio/france-info-junior/les-secrets-bien-gardes-du-musee-le-plus-visite-au-monde-le-louvre_1782303.html (00:07–00:53, 1:48–2:05, 2:16–2:37, 3:52–4:40)			

Die Aufgabe wurde auf der Grundlage eines Mitschnitts aus einer *table ronde* entwickelt, in der Frédérique Leseur, Verantwortliche des Louvre, die Fragen von Jugendlichen zum *Musée du Louvre* beantwortet hat. Der Hörtext lässt sich dem inhaltlichen Schwerpunkt des Kernlehrplans *Vivre dans un pays francophone* – Regionale Diversität zuordnen, da er ein für die frankophone Lebenswelt bedeutsames Kulturgut darstellt.

Der Hörtext wurde gekürzt und spezifische Passagen ausgewählt und zusammengestellt. Somit besteht der Hörtext aus mehreren längeren, zusammenhängenden Antworten von Frédérique Leseur, nicht jedoch aus den Originalfragen der Jugendlichen.

Ziel der Aufgabe ist das globale Verstehen der Aussagen der Expertin, das durch die richtige Zuordnung vorgegebener Fragen gezeigt werden muss.

Die Sprechgeschwindigkeit der Expertin ist relativ schnell. Allerdings sind ihre Aussagen von klaren Signalwörtern gekennzeichnet, die es ermöglichen, die Kernaussagen nachvollziehen zu können.

Der Hörtext bezieht sich auf konkrete Inhalte, auf welche die Expertin explizit und eindeutig verweist. Inhaltliche und sprachliche Redundanzen untermauern immer wieder das Thema der Antwort.

Das Aufgabenformat leitet die Aufmerksamkeit auf spezifische Informationen, die kontextuell bedeutsam sind. Die Herausforderung für die Schülerinnen und Schüler liegt vor allem darin, bereit zu sein, nicht jedes einzelne Wort verstehen zu müssen, sondern mithilfe der lenkenden Fragestellungen die auditiv präsentierten Antworten den Personen zuordnen zu können.

Wenngleich die Sprechgeschwindigkeit die Eignung des Hörtextes für die neu einsetzende Fremdsprache zunächst infrage zu stellen vermag, so ermöglicht das gezielte aufgabengeleitete Hören mithilfe des Zuordnungsformats die Verständnissicherung auf globaler Textebene.

Titel: Hinweis zum thematischen Kontext

Kontextualisierung: Angabe zum thematischen Kontext, Sprechenden und Audioformat

Instruktionen:
- Angabe zu Anforderungen des Aufgabenformats
- Angabe zur Einlesezeit

Itemformulierungen:
- kurze, leicht erfassbare Fragen
- ausgelassene Fragen aus der Diskussionsrunde
- Anzahl der zuzuordnenden Fragen übersteigt die Anzahl der gesuchten Fragen
- parallele Strukturen
- Vermeidung von Pronomina

Le Louvre

Le Louvre garde tant de secrets. La spécialiste française, Frédérique Leseur (Ecole du Louvre), participe à la table ronde de la jeunesse et répond à toutes les questions.

- *Lisez les questions ci-dessous. Vous avez une minute.*
- *Vous allez écouter les réponses deux fois.*
- *Associez les questions à la personne.*
- *Attention, il y a deux questions de trop.*

1.	*Enzo*	
2.	*Hugo*	
3.	*Clotaire*	
4.	*Yanis*	
5.	*Edouard*	

A ... Combien y a-t-il de métiers au Louvre ?

B ... Combien y a-t-il de peintures aux Louvre ?

C ... Quelle est l'atmosphère dans le musée du Louvre ?

D ... Quel est l'artiste le plus présent au Musée du Louvre ?

E ... Qu'est-ce qui se passe la nuit dans le Musée du Louvre ?

F ... Combien de fois la Joconde a-t-elle disparu du Louvre ?

G ... Pourquoi le Louvre est-il important pour le monde entier ?

Dans une minute vous allez écouter le texte une deuxième fois.

10 Bewertung von Schülerlösungen

Grundsätzlich dienen Hörverstehensaufgaben der Überprüfung von Hör**verstehen** und nicht der Überprüfung des Ausdrucksvermögens, der sprachlichen Korrektheit oder von Test-Taking-Strategien. Daher müssen spezifische Kriterien zur Bewertung der Leistungen von Schülerinnen und Schülern herangezogen werden. Wie die Überprüfung des Hörverstehens mittels geschlossener und halb offener Aufgabenformate bewertet werden sollte, zeigen die folgenden Ausführungen.

Geschlossene Aufgaben

Bei Mehrfachwahlaufgaben wird die Zahl der anzukreuzenden Antworten in der Aufgabenstellung vorgegeben. Werden mehr Antworten angekreuzt, so gilt das Item als falsch gelöst; der Prüfling erhält keinen Punkt (BE, s. u.). Gleiches gilt für Zuordnungsaufgaben. Ein falsch gesetztes Kreuz oder eine falsche Zuordnung werden **nicht** mit Minuspunkten bewertet.

Halboffene Aufgaben

Rechtschreib- und Grammatikfehler werden bei der Bewertung nicht berücksichtigt, soweit sie nicht sinnentstellend sind oder die Lösung nicht mehr verständlich ist. Andere als die im Erwartungshorizont aufgeführten Lösungen werden bei der Bewertung der Prüfungsleistungen als gleichwertig gewürdigt, wenn sie der Aufgabenstellung entsprechen, sachlich richtig und nachvollziehbar sind.

Lösungen sollten in Stichpunkten und in der Zielsprache verfasst werden, wobei klar werden muss, dass der Sinn einer Sprecherabsicht richtig erfasst worden ist. Die Angabe von Zahlen in Ziffern ist zulässig.

Bewertungseinheiten

Für richtige Antworten werden Bewertungseinheiten (BE) erteilt. Die erreichten Bewertungseinheiten werden in Notenpunkte umgerechnet. Es werden keine halben Bewertungseinheiten vergeben.

11 Abituraufgabenbeispiele Englisch/Französisch

Die vorherigen Kapitel haben wichtige theoretische und praktische Grundlagen der Konzeption von Hörverstehensüberprüfungen vorgestellt. Mithilfe konkreter Beispiele wurde illustriert, wie sich Prüfungsspezifikationen konzeptionell in Teilaufgaben umsetzen lassen. Auf dieser Basis werden nun für die beiden Fächer Englisch und Französisch je ein exemplarisches Abituraufgabenbeispiel vorgestellt. Dabei ist zu berücksichtigen, dass diese Beispiele eine von vielen mannigfaltigen Möglichkeiten der Konzeption des Prüfungsteils darstellen. Abweichungen, die in reellen Hörverstehensüberprüfungen im Rahmen des Abiturs zu erwarten sind, betreffen insbesondere die Kombination von

- Aufgabenformaten,
- Textsorten,
- Bezugskulturen,
- Themen.

Curriculare Grundlage der Abituraufgabenbeispiele bilden die nordrhein-westfälischen Kernlehrpläne Englisch und Französisch für die Sekundarstufe II für das Gymnasium und die Gesamtschule (KLP GOSt, 2014). Die Hörtexte knüpfen an die inhaltlichen Schwerpunkte im Bereich der interkulturellen kommunikativen Kompetenz der fachspezifischen Kernlehrpläne an und berücksichtigen zudem inhaltliche Fokussierungen, welche die Fächer in den Vorgaben für das Zentralabitur 2023 vorgenommen haben. Die den Abituraufgabenbeispielen vorangestellten tabellarischen Übersichten ordnen die jeweiligen Aufgaben den curricularen Vorgaben zu und skizzieren in verkürzter Form die zugrunde liegenden Prüfungsspezifikationen.

Ziel dieses Kapitels ist es, anhand jeweils eines praktischen Beispiels für den Leistungskurs der Fächer Englisch und Französisch die in den vorherigen Kapiteln illustrierten konzeptionellen Gedanken aufzugreifen und aufzuzeigen, wie die prüfungsspezifischen Überlegungen in der Abiturprüfung zusammengeführt werden können. Eine differenzierte Darstellung der einzelnen Bausteine der Hörverstehensüberprüfung ist in den vorausgehenden Kapiteln erfolgt und wird daher hier nicht vorgenommen. Die Aufgaben sollen Orientierung für die unterrichtliche Praxis und für die Vorbereitung auf die Überprüfung der Hörverstehenskompetenz im Abitur geben. Dabei ist zu beachten, dass die Aufgabenbeispiele keinen illustrierenden Anspruch für die Abiturprüfung auf dem Anforderungsniveau im Grundkurs bzw. der neu einsetzenden Fremdsprache erheben. Sie können jedoch unter Berücksichtigung notwendiger fach- und kursartspezifischer Modifizierungen richtungsweisend herangezogen werden.

Die Aufgabenbeispiele können digital im Bildungsportal des Landes Nordrhein-Westfalen in den Fachportalen Englisch/Französisch der Standardsicherung Zentralabitur GOSt aufgerufen werden.

Englisch

Französisch

11.1 Abituraufgabenbeispiel Englisch

Kursniveau	GK n ☐	GK f ☐	LK ☒
GeR-Niveau	B2 mit Anteilen an C1		
KLP Bezug Bezug zu den Vorgaben 2023	**Politische, soziale und kulturelle Wirklichkeiten und ihre historischen Hintergründe** Amerikanischer Traum – Visionen und Lebenswirklichkeiten in den USA *American myths and realities – freedom and equality* Literatur und Medien in ihrer Bedeutung für den Einzelnen und die Gesellschaft *Visions of the future – utopia and dystopia* **Alltagswirklichkeiten und Zukunftsperspektiven junger Erwachsener** Lebensentwürfe, Studium, Ausbildung, Beruf international – Englisch als lingua franca *Studying and working in a globalised world* **Globale Herausforderungen und Zukunftsvisionen** Chancen und Risiken der Globalisierung *Voices from the African Continent: Focus on Nigeria*		

Konzeption des Prüfungsteils	<u>Hörverstehen Teil 1</u>	<u>Hörverstehen Teil 2</u>	<u>Hörverstehen Teil 3</u>
	selektives Verstehen	inferierendes Verstehen und Detailverstehen	selektives/detailliertes Verstehen
Schwerpunktmäßig überprüfte Kompetenzen im Bereich des Hörverstehens	Die Schülerinnen und Schüler können		
	• Einzelinformationen entnehmen	• implizite Informationen, v. a. Stimmungen, Einstellungen und Beziehungen der Sprechenden erschließen	• Einzelinformationen und Details entnehmen
Hörtext	Auszug aus einem Interview	Auszug aus einem Hörbuch	*radio feature*
Sprachvarietät	AE	BE	BE
Anzahl der Sprechenden	2	1	3
Länge	2:00	2:56	3:23
	Gesamt: 8:22 zuzüglich Pausen und wiederholtes Vorspielen der drei Hörtexte		
Materialgrundlage	https://www.wbur.org/hereandnow/2018/10/22/civics-education-youth-turnout 00:00–02:00	Chimamanda Ngozi Adichie, *The Thing Around Your Neck*, W. F. Howes Ltd, 2009. 03:45:52–03:48:48	https://www.theguardian.com/technology/audio/2018/jan/12/digital-dystopia-end-of-privacy-tech-podcast 01:04–04:39
Aufgabenformat	table completion	multiple choice	short questions/short answers
Bewertung	9 BE	10 BE	11 BE
	Gesamt: 30 BE		

Klausurteil Hörverstehen: Hörverstehen isoliert

Hörverstehen Teil 1: NPR on young voters in the US

Here & Now's host Peter O'Dowd speaks with Nate Bowling, a high school teacher, writer and podcaster, about the participation of young people in US elections.

- Listen to the interview.
- Complete the table or tick the correct answer.

9 BE

		Young voters
1.	**reasons for low youth voting rates:** (name two)	a) ________ b) ________
2.	**deficit in US schools:**	
3.	**priority skills in US schools:** (name one)	
4.	**surprising result of research:**	
5.	**best performing group in that research:**	
6.	**explanation for this result:**	
7.	**motives for seniors to vote:** (name one)	

Do this task after you've listened to the whole interview.

8. The interviewee's main aim is to …

A	appeal to young voters.	☐
B	demand political reform.	☐
C	call for more political education.	☐
D	mediate between teenagers and politicians.	☐

Hörverstehen Teil 2: Meeting him

In her short story The Thing Around Your Neck *Chimamanda Ngozi Adichie explores the life of a Nigerian woman in the USA. In this part of the story, the female protagonist Akunna, who is also the narrator of the story, has an encounter at the diner where she works as a waitress.*

- Listen to the extract.
- While listening, tick the correct answer.
- There is only one correct answer.

10 BE

1. Customers mostly react towards Akunna with ... **1 BE**

A	mistrust.	☐
B	sympathy.	☐
C	indifference.	☐
D	stereotypes.	☐

2. Akunna identifies the customer as ... **1 BE**

A	an educated person.	☐
B	an arrogant person.	☐
C	a charitable person.	☐
D	a sympathetic person.	☐

3. Akunna thinks the customer's behaviour is ... **1 BE**

A	typical.	☐
B	flattering.	☐
C	outraging.	☐
D	unexpected.	☐

4. Americans usually associate Akunna's first name with ... **1 BE**

A	arranged marriage.	☐
B	extraordinary beauty.	☐
C	poor living conditions.	☐
D	family love and comfort.	☐

5. The customer is interested in Africa's ... **1 BE**

A	economic issues.	☐
B	cultural heritage.	☐
C	varied landscapes.	☐
D	linguistic diversity.	☐

6. Akunna's customers often make her feel ... **1 BE**

A	hurt.	☐
B	bitter.	☐
C	pitied.	☐
D	anxious.	☐

7. Akunna realises that the customer is ... **1 BE**

A	arrogant.	☐
B	thoughtless.	☐
C	open-minded.	☐
D	self-conscious.	☐

8. The customer turns out to be truly interested in ... **1 BE**

A	life in rural Africa.	☐
B	people's daily reality.	☐
C	Nigeria's rich cultural heritage.	☐
D	Akunna's educational background.	☐

9. The customer's repeated visits make Akunna increasingly feel ... **1 BE**

A	curious.	☐
B	fancied.	☐
C	indifferent.	☐
D	uncomfortable.	☐

10. When the customer asks Akunna out she reacts with cautious ... **1 BE**

A	excuse.	☐
B	refusal.	☐
C	delight.	☐
D	interest.	☐

Hörverstehen Teil 3: Digital Dystopia

In a Guardian podcast series, Jordan Erica Webber and her expert guest Aral Balkan look into how the digital age is influencing our daily lives.

- Listen to the radio feature.
- Complete the information.

11 BE

1. What is criticised about big companies like *Facebook*? **1 BE**

   ____

2. What type of media from her past does Mrs. Webber refer to? **1 BE**

   ____

3. What is meant by "feeds" in this podcast? **1 BE**

   ____

4. What was different about computers in the past? **1 BE**

   ____

5. What do teenagers use "feeds" for? Give one example. **1 BE**

   ____

6. What is the consequence of the teenagers' media habits? **1 BE**

   ____

7. What does "surveillance capitalism" want to gain? Name two aspects. **2 BE**

   a) ____________________________________

   b) ____________________________________

8. Who is affected by "surveillance capitalism"? **1 BE**

   ____

9. What is the expert's overall conclusion about our society? **1 BE**

   ____

10. What does "people farming" involve? Name one aspect. **1 BE**

    ____

This is the end of your listening comprehension test.

11.2 Abituraufgabenbeispiel Französisch

Kursniveau	GK n ☐	GK f ☐	LK ☒
GeR-Niveau	B2 mit Anteilen an C1		
KLP Bezug Bezug zu den Vorgaben 2023	**Vivre dans un pays francophone** Regionale Diversität *Vivre, bouger, étudier et travailler en ville et à la campagne (France et Belgique)* **Identités et questions existentielles** Lebensentwürfe und -stile im Spiegel der Literatur, Film- und Theaterkunst *Conceptions de vie et société : Images dans la littérature réaliste et naturaliste et dans des textes non-fictionnels contemporains* **Défis et visions de l'avenir** Umwelt, Technologie und Wissenschaft *Conceptions de vie et société : Images dans la littérature réaliste et naturaliste et dans des textes non-fictionnels contemporains*		

Konzeption des Prüfungsteils	Hörverstehen Teil 1	Hörverstehen Teil 2	Hörverstehen Teil 3
	detailliertes Verstehen	selektives/detailliertes Verstehen	selektives/detailliertes Verstehen
Schwerpunktmäßig überprüfte Kompetenzen im Bereich des Hörverstehens	Die Schülerinnen und Schüler können		
	• Hauptaussagen und Einzelinformationen entnehmen • Einstellungen der Sprechenden erschließen	• Hauptaussagen und Einzelinformationen entnehmen	• Einzelinformationen und Details entnehmen
Hörtext	Auszug aus einer Reportage	Podcast	Podcast
Länge	Teil 1: 1:32 Teil 2: 1:50	2:50	1:42
	Gesamt: 6:49 zuzüglich Pausen und wiederholtes Vorspielen der drei Hörtexte		
Materialgrundlage	https://www.franceinter.fr/emissions/le-zoom-de-la-redaction/le-zoom-de-la-redaction-20-decembre-2019 Teil 1: 0:45–2:23 Teil 2: 2:25–4:14	https://www.franceinter.fr/emissions/l-esprit-d-initiative/l-esprit-d-initiative-16-octobre-2017	http://www.rfi.fr/emission/20160413-euro-2016-france-marseille-hors-cliches 1:26–1.52; 3:24–3:48; 4:37–5:04; 12:19–12:46
Aufgabenformat	réponse courte, questions à choix multiple	questions à choix multiple, réponse courte	appariement
Bewertung	17 BE	11 BE	3 BE
	Gesamt: 31 BE		

Klausurteil Hörverstehen: Hörverstehen isoliert

Hörverstehen Teil 1: Les influenceurs, nouveaux chouchous des marques

Dans son reportage, Géraldine Hallot invite plusieurs personnes à présenter leurs expériences et attitudes envers un phénomène générationnel : les influenceuses et influenceurs des réseaux sociaux.

Teil 1: Paola Locatelli – influenceuse

- Lisez les propositions ci-dessous.
- Complétez le tableau.
- Vous avez d'abord 1 minute pour lire les consignes ci-dessous. Après la première et la deuxième écoute, vous avez 1 minute pour vérifier vos réponses.

9 BE

0.	**nom, prénom :**	Paola Locatelli
1.	**popularité chez :**	
2.	**nombre de followers :**	
3.	**niveau de scolarité :**	
4.	**début de sa carrière :**	
5.	**champ d'intérêt au début de sa carrière :** (Nommez un aspect.)	
6.	**secteur de publicité actuel :**	
7.	**collaboration avec :**	
8.	**nombre de marques représentées :**	
9.	**activité typique :** (Nommez-en une.)	

Dans une minute, vous allez écouter le texte une deuxième fois.

Teil 2:

- Lisez les propositions ci-dessous.
- Cochez la bonne case.
- Vous avez d'abord 2 minutes pour lire les consignes ci-dessous. Après la première et la deuxième écoute, vous avez 1 minute pour vérifier vos réponses.

8 BE

1. Un des avantages des influenceurs est leur … **1 BE**

A	langage.	☐
B	expérience.	☐
C	champ d'action.	☐

2. L'argent que peut gagner un influenceur dépend de … **1 BE**

A	son âge.	☐
B	son origine.	☐
C	ses produits.	☐

3. On critique certains influenceurs pour leurs … **1 BE**

A	posts choquants.	☐
B	attitudes extrêmes.	☐
C	pratiques douteuses.	☐

4. Dans les réseaux sociaux, on constate une tendance … **1 BE**

A	à la superficialité.	☐
B	à la désinformation.	☐
C	au cyber-harcèlement.	☐

5. Selon des experts, les ados s'intéressent trop à la … **1 BE**

A	vie des autres.	☐
B	consommation.	☐
C	présentation personnelle.	☐

6. Depuis peu, on constate un nombre grandissant … **1 BE**

A	d'influenceuses.	☐
B	d'enfants influenceurs.	☐
C	d'influenceurs masculins.	☐

7. Les experts critiquent des visions … **1 BE**

A	populistes.	☐
B	irréalistes.	☐
C	révolutionnaires.	☐

8. La décision d'une star de quitter Instagram paraît … **1 BE**

A	hypocrite.	☐
B	exemplaire.	☐
C	conséquente.	☐

Dans une minute, vous allez écouter le texte une deuxième fois.

Hörverstehen Teil 2: « L'esprit d'initiative »

Dans l'émission d'Emmanuel Moreau « L'esprit d'initiative » sur France Inter, Olivier Delahaye et son association nous présentent un projet intéressant.

- Lisez les questions et les propositions ci-dessous.
- Cochez la bonne case ou notez l'information demandée.
- Vous avez d'abord 2 minutes pour lire les consignes ci-dessous. Après la première et la deuxième écoute, vous avez 1 minute pour vérifier vos réponses.

11 BE

1. Le projet se déroule pendant … **1 BE**

A	une semaine.	☐
B	un après-midi.	☐
C	moins d'une heure.	☐

2. Le projet invite à ______________________________. **1 BE**

3. Le projet se déroule dans une atmosphère de … **1 BE**

A	calme.	☐
B	confiance.	☐
C	coopération.	☐

4. Selon Olivier Delahaye, le projet permet à chacun de … **1 BE**

A	s'engager.	☐
B	s'exprimer.	☐
C	se retirer en soi.	☐

5. La réalisation du projet est ... **1 BE**

A	peu coûteuse.	☐
B	vraiment simple.	☐
C	difficile au début.	☐

6. Les participants du projet choisissent en fonction de leurs ... **1 BE**

A	notes.	☐
B	goûts.	☐
C	capacités.	☐

7. Un avantage du projet, c'est ... **1 BE**

A	d'organiser des loisirs.	☐
B	de structurer son travail.	☐
C	de ralentir le rythme de la vie.	☐

8. Olivier Delahaye a été inspiré par ... **1 BE**

A	un voyage à l'étranger.	☐
B	une formation littéraire.	☐
C	une recherche scientifique.	☐

9. La première réaction d'Olivier Delahaye a été ... **1 BE**

A	le refus.	☐
B	la surprise.	☐
C	l'indifférence.	☐

10. Qui participe au projet ? Nommez un groupe. **1 BE**

____.

11. Selon Emmanuel Moreau, le projet ... **1 BE**

A	rencontre du succès.	☐
B	est une action unique.	☐
C	rencontre des difficultés.	☐

Dans une minute, vous allez écouter le texte une deuxième fois.

Hörverstehen Teil 3: L'identité marseillaise

Trois habitants de Marseille parlent de ce qu'ils pensent de leur ville.

- Lisez d'abord les propositions ci-dessous.
- Associez ensuite aux six opinions (A – F) les trois documents sonores.
- Vous avez d'abord 1 minute pour lire les opinions ci-dessous. Après la première et la deuxième écoute, vous avez 1 minute pour vérifier vos réponses.

Quelle opinion va avec quel document sonore ? **3 BE**

	Marseille se caractérise par	**Document sonore**		
		1	**2**	**3**
A	... un climat ensoleillé.			
B	... un décor exceptionnel.			
C	... l'engagement de ses habitants.			
D	... le style créatif de ses habitants.			
E	... la coexistence de différentes cultures.			
F	... des tensions entre différentes cultures.			

Dans une minute, vous allez écouter le texte une deuxième fois.

Fin de l'examen de compréhension orale.

12 Hörverstehensüberprüfung in der Einführungs- und Qualifikationsphase

Die Festlegung der im Zentralabitur überprüften Kompetenzbereiche erfolgt über die Abiturvorgaben, die mit Eintritt eines Abiturjahrgangs in die Einführungsphase im Portal der Standardsicherung Zentralabitur GOSt veröffentlicht werden und in den jeweiligen Fachportalen aufgerufen werden können.

https://www.standardsicherung.schulministerium.nrw.de/cms/zentralabitur-gost/uebersicht/uebersicht-abi-gost.php

Entlang der in den Kernlehrplänen definierten Regelstandards am Ende der jeweiligen Kursabschnitte und Kursarten können Schülerinnen und Schüler frühzeitig ihre Hörverstehenskompetenz zielgerichtet und sukzessiv aufbauen bzw. weiterentwickeln. Zugleich können sie sich mit den im Abitur zur Anwendung kommenden Aufgabenformaten und Anforderungen vertraut machen.

Mit Blick auf die Planung und Durchführung der Überprüfung des Hörverstehens als Bestandteil der Leistungsüberprüfung können sich schriftliche Arbeiten/Klausuren selbstverständlich nur schrittweise den im Abitur geltenden Prüfungsspezifikationen annähern. Äußere Rahmenbedingungen, die durch den jeweiligen Kursabschnitt und die Kursart bestimmt sind (z. B. Klausurdauer), müssen angemessen berücksichtigt werden. Im Folgenden wird aufgezeigt, wie die Hörverstehensüberprüfung in schriftlichen Arbeiten/Klausuren im Verlauf der gymnasialen Oberstufe konzipiert werden und sich sukzessive den Anforderungen im Zentralabitur annähern kann.

12.1 Struktur des Prüfungsteils Hörverstehen

Die Hörverstehensüberprüfung im Zentralabitur gründet auf festumrissenen Anforderungen. Für die Konstruktion der Hörverstehensüberprüfung in schriftlichen Arbeiten/Klausuren ist es empfehlenswert, spezifische Leitlinien zu definieren und die Anforderungen der Hörverstehensüberprüfung im Zentralabitur auf die Rahmenbedingungen der Leistungsbewertung im Verlauf der gymnasialen Oberstufe herunterzubrechen. Dies erfolgt maßgeblich unter Berücksichtigung

- der jeweiligen **Kursart** (Grundkurs neu einsetzend, Grundkurs fortgeführt, Leistungskurs),
- des jeweiligen **Kursabschnitts**,
- der jeweils vorgegebenen **Klausurzeiten** gemäß APO GOSt § 14.

<table>
<tr><th colspan="5">Spezifikationen Hörverstehen
Einführungs- und Qualifikationsphase</th></tr>
<tr><th colspan="5">Struktur des Klausurteils</th></tr>
<tr><th>Kursabschnitt</th><th>Einführungsphase</th><th>Qualifikationsphase 1</th><th colspan="2">Qualifikationsphase 2</th></tr>
<tr><td>Anzahl der Hörtexte</td><td>1</td><td>2</td><td>2–3</td><td>Vorabitur
3</td></tr>
<tr><td>Länge der einzelnen Hörtexte</td><td>ca. 3 Minuten</td><td colspan="3">max. 5 Minuten (eher kürzer)</td></tr>
<tr><td>Länge der kombinierten Hörtexte</td><td>ca. 3 Minuten</td><td>6 bis 8 Minuten</td><td colspan="2">max. 10 Minuten</td></tr>
<tr><td>Dauer des Prüfungsteils gesamt</td><td>max. 10 Minuten
(inkl. Lesezeiten, Pausen)</td><td>max. 20 Minuten
(inkl. Lesezeiten, Pausen)</td><td colspan="2">max. 30 Minuten
(inkl. Lesezeiten, Pausen)</td></tr>
<tr><td>Anzahl der Hördurchgänge</td><td>2</td><td colspan="3">jeweils 2</td></tr>
<tr><td>Einlesezeit</td><td colspan="4">unter angemessener Berücksichtigung des Umfangs und der Komplexität der Aufgaben</td></tr>
<tr><td>Organisation</td><td colspan="4">• Bearbeitung als erster Prüfungsteil
• 10 Minuten Organisationszeit
• Einsammeln des bearbeiteten Klausurteils nach Abschluss des Prüfungsteils Hörverstehen</td></tr>
<tr><td>Hilfsmittel</td><td colspan="4">• ein- und zweisprachiges Wörterbuch</td></tr>
</table>

Gestaltungsräume bei der Prüfungskonzeption bieten vor allem die Anzahl zu kombinierender Hörtexte. Weitere Modifikationsmöglichkeiten eröffnen die Länge der einzelnen Hörtexte sowie die stetige Erhöhung der Anzahl der Items, die eine Berücksichtigung des gesamten Notenspektrums zulassen müssen.

In Anlehnung an die Organisation der Hörverstehensüberprüfung im Abitur sollte die Bearbeitung des Hörverstehensteils in schriftlichen Arbeiten/Klausuren als erster Prüfungsteil erfolgen. Gleichsam sollte der Klausurteil Hörverstehen am Ende der Überprüfung eingesammelt werden. Dafür empfiehlt es sich, eine **zusätzliche Organisationszeit von ca. 10 Minuten** einzuplanen. Vor dem Hintergrund der hohen Anforderungen der Hörverstehensüberprüfung an die Gedächtnisleistung ist es geboten, bei der **isolierten Überprüfung** des Hörverstehens den Prüfungsteil Hörverstehen als abgeschlossene Einheit zu betrachten. Demzufolge sollten

- Aufgabenstellungen des Prüfungsteils (Schreiben/Lesen integriert) sich **nicht** auf die Grundlagentexte im Prüfungsteil Hörverstehen beziehen, bzw.
- Inhalte aus dem Prüfungsteil Hörverstehen **nicht** zur Aufgabenerfüllung des Prüfungsteils (Schreiben/Lesen integriert) vorausgesetzt werden.

Während des gesamten Prüfungsteils steht den Schülerinnen und Schülern – wie im Zentralabitur auch – sowohl das ein- als auch das zweisprachige Wörterbuch zur Verfügung. Somit können die Lernenden unter Umständen unbekannte Lexik in den Itemformulierungen oder in der hinführenden Kontextualisierung nachschlagen. In diesem Zusammenhang ist den Schülerinnen und Schülern jedoch besonders zu vermitteln, dass die Zeit für das Nachschlagen unbekannter Wörter der strengen Taktung des Prüfungsteils unterworfen ist und nur sehr gezielt und wenn zwingend notwendig erfolgen sollte.

12.2 Überprüfte Kompetenzanforderungen

Schriftliche Arbeiten/Klausuren sollten die gemäß den Kernlehrplänen progressiv aufzubauende Hörverstehenskompetenz in den jeweiligen Kursniveaus und -abschnitten angemessen berücksichtigen. Wie dieser Entwicklungs- und Lernprozess sich in der Konzeption der Hörverstehensüberprüfung widerspiegeln und durch entsprechende Abstufungen berücksichtigt werden kann, zeigt die unten stehende Darstellung. Die Übersicht berücksichtigt die anzustrebenden Referenzniveaus und ordnet die zu überprüfenden Hörabsichten den jeweiligen Kursabschnitten zu. Die Schwerpunktsetzungen können selbstverständlich in Abhängigkeit des erteilten Unterrichtes variieren.

Spezifikationen Hörverstehen ***Einführungs- und Qualifikationsphase***			
ÜBERPRÜFTE KOMPETENZANFORDERUNGEN			
Kursabschnitt	**Einführungsphase**	**Qualifikationsphase 1**	**Qualifikationsphase 2**
Englisch	B1 des GeR mit Anteilen an der Niveaustufe B2	B2 des GeR	B2 des GeR mit Anteilen an der Niveaustufe C1
Französisch fortgeführt	B1 + des GeR	B1 + mit Anteilen an der Niveaustufe B2 des GeR	B2 des GeR
Französisch neu einsetzend	A2 des GeR	B1 des GeR	B1 mit Anteilen von B2 des GeR
zu überprüfende Hörabsichten[8]	Es muss sichergestellt werden, dass alle Hörabsichten in der Einführungs- und Qualifikationsphase in Klausuren überprüft werden (detailliert/inferierend, selektiv, global).		**Vorabitur***) detailliert/ inferierend <u>*und*</u> selektiv <u>*und*</u> global
*) Vgl. bezogen auf das jeweilige Prüfungsjahr auch die Abiturvorgaben unter www.standardsicherung.schulministerium.nrw.de			

Bei der Konzeption der Hörverstehensüberprüfung in schriftlichen Arbeiten/Klausuren ist ferner zu berücksichtigen, dass bevorzugt die im Zentralabitur zulässigen Aufgabenformate eingesetzt werden (vgl. Kapitel 2 und 8). Dies gewährleistet einerseits die Erfüllung bewertungsobjektiver Anforderungen an die Überprüfung und zugleich, dass die Schülerinnen und Schüler mit diesen Formaten im Leistungsbewertungskontext sukzessiv eine gewisse Routine entwickeln können.

8 Je Hörtext wird eine spezifische Hörabsicht im Schwerpunkt überprüft. In Abhängigkeit vom Hördokument können inhaltlich begründete Abweichungen jedoch möglich bzw. sinnvoll sein.

Spezifikationen Hörverstehen ***Einführungs- und Qualifikationsphase***			
Aufgabenformate			
AUFGABEN-FORMATE	Mehrfachwahlaufgaben	Ergänzungsaufgaben/Kurzantwortaufgaben	Zuordnungsaufgaben
	• i. d. R. kein Formatwechsel innerhalb einer Aufgabe • Formatwechsel ausschließlich, wenn funktional begründet (max. 1- bis 2-mal zwischen 2 Formaten)		
Spezifika	• i. d. R. 3–4 Antwortoptionen, d. h. 1 Attraktor und 2–3 Distraktoren • Items folgen der Chronologie des Hörtexts	• Items folgen der Chronologie des Hörtextes	• 1–3 Distraktoren • keine chronologische Abfolge • Items stehen unter einem thematischen Dach

12.3 Merkmale der Hörtexte

Während Zentrale Prüfungen sich auf die Überprüfung fachlicher Ziele eines Bildungsganges beziehen, beziehen sich schriftliche Arbeiten/Klausuren in der gymnasialen Oberstufe auf den unmittelbar erteilten Unterricht. Dies bedeutet, dass anders als beim Zentralabitur die inhaltlichen Schwerpunkte einer schriftlichen Arbeit/Klausur im Kontext der Leistungsbewertung fest umrissen sind. Die einzelnen Bausteine stehen somit in der Regel unter einem gemeinsamen thematischen Dach. Im Verlauf der gymnasialen Oberstufe sollten Hörverstehensüberprüfungen im Kontext der Leistungsbewertung ferner berücksichtigen, dass auch solche Hörtexte zum Einsatz kommen, die

- eine zunehmend steigende Sprechgeschwindigkeit abbilden,
- eine zunehmende Breite verschiedener Sprachvarietäten einbeziehen,
- auch weniger vertraute Themen zum Gegenstand haben (insbesondere im Leistungskurs).

Im Folgenden werden entlang der im Kernlehrplan ausgewiesenen Anforderungen im Bereich der funktionalen kommunikativen Kompetenz Hörverstehen sowie entlang der Anforderungen im Bereich der Text- und Medienkompetenz verschiedene schwierigkeitsdifferenzierende Faktoren skizziert.

Spezifikationen Hörverstehen ***Einführungs- und Qualifikationsphase***				
Merkmale des Hörtextes				
Kursabschnitt	**Einführungsphase**	**Qualifikationsphase 1**	**Qualifikationsphase 2**	**Vorabitur*)**
Bereiche	Öffentliche Kommunikation *oder* Studien- und berufsbezogene Kommunikation *oder* Persönliche Kommunikation	Texte der öffentlichen Kommunikation *und/oder* Texte der Studien- und berufsbezogenen Kommunikation *und/oder* Texte der persönlichen Kommunikation		
Themenfelder	bezogen auf den unmittelbar erteilten Unterricht bzw. das Unterrichtsvorhaben (thematisches Dach)			bezogen auf mindestens zwei unterschiedliche Themenfelder des KLP

Spezifikationen Hörverstehen *Einführungs- und Qualifikationsphase*				
Merkmale des Hörtextes				
Kursabschnitt	Einführungsphase	Qualifikationsphase 1	Qualifikationsphase 2	Vorabitur*)
Sprechermerkmale	Sprechgeschwindigkeit moderat → normal → schnell**)			
	Sprachvarietäten vertraut → auch weniger vertraut**) → auch nicht vertraut**)			
*) Vgl. bezogen auf das jeweilige Prüfungsjahr auch die Abiturvorgaben unter www.standardsicherung.schulministerium.nrw.de **) ausgenommen neu einsetzende Fremdsprache				

12.4 Bewertungsvorgaben

Im Zentralabitur geht der Prüfungsteil Hörverstehen mit 20 % in die Gesamtleistung der Prüfung ein. Dies erfolgt vor dem Hintergrund eines komplexen Prüfungssettings, das verschiedene Facetten der Hörverstehenskompetenz berücksichtigt. Auch bei der Bewertung des Prüfungsteils Hörverstehen in schriftlichen Arbeiten/Klausuren ist es empfehlenswert, sich an diesen Vorgaben zu orientieren.

Spezifikationen Hörverstehen *Einführungs- und Qualifikationsphase*			
Bewertung des Prüfungsteils Hörverstehen			
Kursabschnitt	Einführungsphase	Qualifikationsphase 1	Qualifikationsphase 2
	20 %		
	• Bewertet wird ausschließlich die korrekte inhaltliche Erfüllung der Aufgaben. • Der Aufgabenteil Hörverstehen geht anteilig mit 20 % in das Klausurergebnis ein. Dies entspricht z. B. bei 150 Punkten einer Punktzahl von 30 Punkten. • Für jede richtige Antwort wird i. d. R. eine Bewertungseinheit (BE) vergeben.		

Um die anteilige Bewertung der isolierten Überprüfung des Hörverstehens von 20 % in die Bewertung der Gesamtklausur einfließen lassen zu können, kann es sinnvoll bzw. notwendig sein, **pro richtiger Lösung jeweils zwei Bewertungseinheiten** zu vergeben.

12.5 Klausuraufgabenbeispiele für den Prüfungsteil Hörverstehen in der Leistungsbewertung der Qualifikationsphase

Wurden zuvor Leitlinien zur Konzeption der Hörverstehensüberprüfung im Rahmen von schriftlichen Arbeiten/Klausuren im Verlauf der gymnasialen

Oberstufe erläutert, ist das Ziel der folgenden Ausführungen die exemplarische Vorstellung eines konkreten Aufgabenbeispiels für eine Hörverstehensüberprüfung im ersten Jahr der Qualifikationsphase in den Fächern Englisch und Französisch. Die Aufgabenbeispiele beschreiben Klausuren, die eine Lehrkraft einer fiktiven Schule vor dem Hintergrund der spezifischen schulischen Rahmenbedingungen konzipiert hat. Die Ausführungen beziehen sich auf prüfungsdidaktische Überlegungen sowie auf Unterschiede zur Hörverstehensüberprüfung im Abitur.

Die Aufgabenbeispiele können digital im Bildungsportal des Landes Nordrhein-Westfalen in den Fachportalen Englisch/Französisch der Standardsicherung Zentralabitur GOSt aufgerufen werden.[9]

Englisch

Französisch

12.5.1 Klausuraufgabenbeispiel Englisch: Nigeria – the giant of Africa

UNTERRICHTSVORHABEN	**Nigeria – the giant of Africa**	
Kursniveau	GK ☐	LK ☒
GeR-Niveau	B2 mit Anteilen an C1	
KLP Bezug Bezug zu den Vorgaben 2023	**Politische, soziale und kulturelle Wirklichkeiten und ihre historischen Hintergründe** Postkolonialismus – Lebenswirklichkeiten in einem weiteren anglophonen Kulturraum *Voices from the African Continent: Focus on Nigeria*	
Schwerpunktmäßig zu erwerbende Kompetenzen	• Hörverstehen • Schreiben • Interkulturell kommunikative Kompetenz	

LEISTUNGSBERWERTUNG		
Konzeption des Prüfungsteils	**Hörverstehen Teil 1**	**Hörverstehen Teil 2**
	detailliertes (inferierendes) Verstehen	selektives Verstehen
Schwerpunktmäßig überprüfte Kompetenzen im Bereich des Hörverstehens	Die Schülerinnen und Schüler können	
	• authentische Hörtexte [...] verstehen [...] auch wenn nicht immer repräsentative Varietäten der Zielsprache verwendet werden. • implizite Informationen, vor allem Stimmungen, Einstellungen und Beziehungen der Sprechenden erfassen.	• authentische Hörtexte verstehen [...] auch wenn schnell gesprochen wird. • authentische Hörtexte zu wenig vertrauten Themen verstehen [...]. • [...] Einzelinformationen entnehmen.

9 Lehrkräfte aus NRW erhalten die Zugangsdaten von ihrer Schule.

LEISTUNGSBERWERTUNG		
Hördokument	Auszug aus einem auditiv vermittelten literarischen Text	Auszug aus einer Reportage
Länge	3:23	1:34
	Gesamt: 4:57 zuzüglich Pausen und wiederholtes Vorspielen der beiden Hörtexte	
Materialgrundlage	Chimamanda Ngozi Adichie, *The Thing Around Your Neck*, W. F. Howes Ltd, 2009. 5:30:04–5:34:51	https://www.bbc.co.uk/sounds/play/w3cstzht 3:08–04:40
Bewertung	13 Items je 1 BE	11 Items je 1 BE
	Gesamt: 24 Bewertungseinheiten	

Das folgende Aufgabenbeispiel ist in das fiktive Unterrichtsvorhaben *Nigeria – the giant of Africa* eingebunden, das den inhaltlichen Schwerpunkt der interkulturellen kommunikativen Kompetenz „Politische, soziale und kulturelle Wirklichkeiten: Postkolonialismus – Lebenswirklichkeiten in einem weiteren anglophonen Kulturraum" des Kernlehrplans für den Leistungskurs Englisch aufgreift. Die Vorgaben für das Zentralabitur Englisch konkretisieren das Schwerpunktthema, indem sie den Fokus auf den nigerianischen Kulturraum setzen (*Voices from the African Continent: Focus on Nigeria*).

Vor dem Hintergrund der inhaltlichen sowie funktional kommunikativen Schwerpunktsetzungen des Unterrichtsvorhabens werden zur Förderung des Hörverstehens insbesondere Auszüge aus Reportagen sowie aus auditiv vermittelten literarischen Texten eingesetzt. Die Begegnung mit nigerianischen Sprecherinnen und Sprechern steht im Vordergrund. Dadurch soll erreicht werden, dass sich die Schülerinnen und Schüler im Verlauf des Unterrichtsvorhabens zunehmend mit dem nigerianischen Akzent und den Besonderheiten der Sprache durch stetige Begegnung vertraut machen können. Zugleich sollen vielfältige Möglichkeiten geschaffen werden, dass sie Strategien entwickeln und festigen können, um selbst bei hoher Sprechgeschwindigkeit, zielgerichtet spezifische Informationen zu erfassen.

In Anlehnung an die Prüfungsspezifikationen für die Abiturprüfung wurden für das Aufgabenbeispiel für die Klausur in der Qualifikationsphase zwei Hörtexte gewählt, die zwei gegensätzliche Textsorten aufgreifen, um somit die geforderte Vielfalt möglicher Hörtexte exemplarisch abzubilden.

Gemäß den Vereinbarungen der fiktiven Fachkonferenz zu Grundsätzen der Leistungsbewertung und Leistungsrückmeldung im schulinternen Curriculum wird in schriftlichen Arbeiten/Klausuren ein Bewertungsschema mit 150 Punkten zugrunde gelegt. Für die anteilige Bewertung der isolierten Überprüfung des Hörverstehens von 20 % im Prüfungsteil Hörverstehen besteht somit eine Maximalpunktzahl von 30 erreichbaren Punkten. Um die curricularen Vorgaben auf die Hörverstehensüberprüfung auf dieses Aufgabenbeispiel zu übertragen, wird die inhaltlich richtige Erfüllung der einzelnen Items in Bewertungseinheiten erfasst. Zusammen genommen erbringen die beiden Teile der Hörverstehensüberprüfung maximal 24 Bewertungseinheiten. Eine separate Ermittlung einer Note erfolgt für diesen Prüfungsteil nicht.

Struktur des Prüfungsteils:
Die Bearbeitung des Klausurteils HV erfolgt vor Klausurteil Schreiben.
Der Prüfungsteil besteht aus zwei Teilaufgaben.
Die Teilaufgaben stehen unter einem gemeinsamen thematischen Dach.

Schwerpunkt der überprüften Hörabsicht:
detailliertes (inferierendes) Verstehen

Bewertung:
Für jede inhaltliche richtige Lösung gibt es eine Bewertungseinheit.

Klausurteil Hörverstehen: Hörverstehen isoliert

Hörverstehen Teil 1: The Mall

Chinaza, a young Nigerian, has just moved to America to join her new Nigerian husband who has already been living in the US for a while. In the extract from a short story by Nigerian writer C. N. Adichie, Chinaza's husband takes his wife to an American shopping mall for the first time. Find out how Chinaza experiences the American way of life.

- Listen to the extract from the short story.
- While listening, tick the correct answer.
- There is only one correct answer.

13 BE

1. Chinaza perceives the mall as ... **1 BE**

A	dazzling.	☐
B	ordinary.	☐
C	appealing.	☐
D	frightening.	☐

2. To Chinaza, the passers-by seem ... **1 BE**

A	busy.	☐
B	strange.	☐
C	arrogant.	☐
D	indifferent.	☐

3. For Chinaza's husband eating pizza means ... **1 BE**

A	behaving like locals.	☐
B	sharing a nice moment.	☐
C	enjoying culinary variety.	☐
D	having an inexpensive meal.	☐

4. Chinaza realises that her husband behaves ... **1 BE**

A	shyly around Americans.	☐
B	naturally around Americans.	☐
C	strangely around Americans.	☐
D	self-importantly around Americans.	☐

5. By Chinaza's experience, high-ranking Nigerians avoid eating ... **1 BE**

A	in haste.	☐
B	fast food.	☐
C	big quantities.	☐
D	in crowded areas.	☐

6. Having lunch in the mall makes Chinaza feel ... **1 BE**

A	tired.	☐
B	curious.	☐
C	relaxed.	☐
D	uncomfortable.	☐

7. Chinaza learns that her husband ... **1 BE**

A	misses Nigerian food.	☐
B	prefers Nigerian food.	☐
C	avoids Nigerian food.	☐
D	criticises Nigerian food.	☐

8. Eating her first American pizza makes Chinaza feel ... **1 BE**

A	settled.	☐
B	uneasy.	☐
C	wonderful.	☐
D	melancholic.	☐

9. Exploring the mall further, Chinaza is afraid of ... **1 BE**

A	taking the lift.	☐
B	using the escalator.	☐
C	walking on the slippery ground.	☐
D	passing through automatic doors.	☐

10. Speaking Igbo, Chinaza makes her husband feel ... **1 BE**

A	special.	☐
B	confused.	☐
C	sentimental.	☐
D	embarrassed.	☐

11. While shopping, Chinaza is amazed by ... **1 BE**

A	the luxury goods.	☐
B	the unfamiliar clothes.	☐
C	her generous husband.	☐
D	the importance of warm clothing.	☐

12. For Chinaza, the American price policy is ... **1 BE**

A	unfair.	☐
B	thrilling.	☐
C	shocking.	☐
D	interesting.	☐

*Do this task **after** you have listened to the whole extract.*

Itemspezifik:
Im Gegensatz zu den vorherigen Items, die fest umrissene Textpassagen tangieren, erfordert dieses Item den Rückgriff auf den gesamten Text.

13. The attitude of Chinaza's husband towards America is ... **1 BE**

A	critical.	☐
B	hesitant.	☐
C	tolerant.	☐
D	admiring.	☐

Struktur des Prüfungsteils:
Hinweis auf die Wiederholung des Hörtextes

In one minute, you will hear the text again so you can check your answers.

Klausurteil Hörverstehen: Hörverstehen isoliert

Schwerpunkt der überprüften Hörabsicht:
selektives Verstehen
Das Lösen der Items erfordert das Herausfiltern von konkreten Einzelinformationen.

Hörverstehen Teil 2: Pidgin English

In his podcast, BBC radio presenter Rajan Datar is joined by Peter Okwoche to talk about Pidgin English.

- Listen to the interview.
- Complete the table.

11 BE

Aufgabenformat:
Completion Task

Bewertung:
Für jede inhaltliche richtige Lösung gibt es eine Bewertungseinheit.

	Pidgin Fact File	
1.	**first occurrence:**	
2.	**derived from:** (Name two.)	a) ________ b) ________

	Pidgin Fact File	
3.	**number of speakers:**	
4.	**area where it is spoken:**	
5.	**language characteristic:**	
6.	**function:**	
7.	**frequent reproach:**	
8.	**response to reproach:**	
9.	**role in Nigeria:**	
10.	**final appeal:**	

Lösungsqualität: Die Beantwortung soll ausschließlich in Stichpunkten erfolgen.

In one minute you will hear the text again so you can check your answers.

This is the end of your listening comprehension test.

Struktur des Prüfungsteils: Hinweis auf die Wiederholung des Hörtextes. Hinweis auf das Ende des Prüfungsteils:
Organisation des Prüfungsteils: Die Prüfungsunterlagen dieses Prüfungsteils werden eingesammelt.

12.5.2 Klausuraufgabenbeispiel Französisch: Moi et les autres

UNTERRICHTSVORHABEN	**Moi et les autres**		
Kursniveau	GK n ☐	GK f ☒	LK ☐
GeR-Niveau	B1 + mit Anteilen an B2		
KLP Bezug Bezug zu den Vorgaben 2023	**Identités et questions existentielles** Lebensentwürfe und -stile im Spiegel der Literatur, Film- und Theaterkunst *Conceptions de vie et société : Images dans la littérature et dans des textes non-fictionnels contemporains*		
Schwerpunktmäßig zu erwerbende Kompetenzen	• Hörverstehen • Schreiben • Text- und Medienkompetenz		

LEISTUNGSBERWERTUNG		
Konzeption des Prüfungsteils	<u>**Hörverstehen Teil 1**</u>	<u>**Hörverstehen Teil 2**</u>
	selektives Verstehen	detailliertes (inferierendes) Verstehen

<table>
<tr><th colspan="3">LEISTUNGSBERWERTUNG</th></tr>
<tr><td rowspan="2">Schwerpunktmäßig überprüfte Kompetenzen im Bereich des Hörverstehens</td><td colspan="2">Die Schülerinnen und Schüler können</td></tr>
<tr><td>• einem auditiv vermittelten Text [...] Einzelinformationen entnehmen.
• selbstständig eine der Hörabsicht entsprechende Rezeptionsstrategie (selektiv) funktional anwenden.</td><td>• zur Erschließung der Textaussage [...] textinterne Informationen [...] kombinieren.
• Stimmungen und Einstellungen erfassen.</td></tr>
<tr><td>Hördokument</td><td>Auszug aus einem Interview</td><td>Auszug aus einem Hörbuch</td></tr>
<tr><td rowspan="2">Länge</td><td>2:45</td><td>2:11</td></tr>
<tr><td colspan="2">Gesamt: 4:56 zuzüglich Pausen und wiederholtes Vorspielen der beiden Hörtexte</td></tr>
<tr><td>Materialgrundlage</td><td>Gaël Faye, Petit Pays , Audiolib, 2016.
Track 36 (5:13:35–5:15:58, 5:16:53–5:17:09)</td><td>Gaël Faye, Petit Pays, Audiolib, 2016.
Kapitel 7, Track 10, 1:02:25–1:02:08–1:02:50</td></tr>
<tr><td rowspan="2">Bewertung</td><td>12 Items je 1 BE</td><td>8 Items je 2 BE</td></tr>
<tr><td colspan="2">Gesamt: 28 Bewertungseinheiten</td></tr>
</table>

Das folgende Aufgabenbeispiel ist in das fiktive Unterrichtsvorhaben *Moi et les autres* eingebunden, das den inhaltlichen Schwerpunkt der interkulturellen kommunikativen Kompetenz *Identités et questions existentielles* aufgreift. Der Fokus im Bereich der funktionalen kommunikativen Kompetenz Hörverstehen liegt in dem Unterrichtsvorhaben vor allem auf

- der Vertiefung verschiedener Hörabsichten,
- dem Erschließen von Textaussagen durch Heranziehen externen Wissens und Kombinierens textinterner Informationen,
- dem Erfassen von Stimmungen und Einstellungen der Sprechenden.

Die Bewertung des Prüfungsteils erfolgt auf der Grundlage der Anzahl richtig gelöster Items. Für jede inhaltlich richtige Lösung erhalten die Schülerinnen und Schüler zwischen ein und zwei Bewertungseinheiten. Sprachliche Verstöße in Teil 1 des Prüfungsteils führen nicht zum Punktabzug, solange der Sinn der Lösung unmissverständlich nachvollziehbar ist.

Das schulinterne Curriculum der fiktiven Schule schreibt für schriftliche Arbeiten/Klausuren ein verbindliches Bepunktungsschema vor, das von insgesamt 150 Punkten für die beiden Prüfungsteile ausgeht. In Anlehnung an die Wertigkeit des Prüfungsteils Hörverstehen im Abitur gehen die Leistungen der Schülerinnen und Schüler in diesem Prüfungsteil ebenfalls mit einem Anteil von 20 % in die Leistung der Gesamtklausur ein. Eine separate Ermittlung einer Note erfolgt für diesen Prüfungsteil nicht.

Da die Anzahl der Items in diesem Beispiel 20 nicht überschreiten und infolgedessen nicht zu einer Rohpunktzahl von 30 Punkten führen würden, sieht das Bewertungskonzept zu dieser Aufgabe eine aufgabenspezifische Differenzierung vor. Während die Überprüfung des Hörverständnisses im ersten Teil der Klausur sich auf das Entnehmen von Einzelinformationen bezieht, die explizit im Text genannt werden und die nicht in Konkurrenz zu anderen Informationen stehen, kann davon ausgegangen werden, dass der Anforderungsgrad im Vergleich zum zweiten Teil der Überprüfung geringer ist. Dies berücksichtigen die

Bewertungsvorgaben, indem sie Bewertungseinheiten in Abhängigkeit vom Schwierigkeitsgrad der einzelnen Prüfungsteile vergeben. So erhalten die Schülerinnen und Schüler in Teil 1 der Hörverstehensüberprüfung jeweils 1 Bewertungseinheit je richtig gelöstem Item, während sie in Teil 2 der Hörverstehensüberprüfung jeweils 2 Bewertungseinheiten je richtig gelöstem Item erhalten. Da die Schülerinnen und Schüler im Prüfungsteil maximal 28 Bewertungseinheiten erzielen können, müssen diese Bewertungseinheiten an das verbindliche Bepunktungsschmema der fiktiven Schule angeglichen werden. Dies erfolgt mithilfe einer digitalen Tabellenkalkulation, in der die Bewertungseinheiten in Punkte umgewandelt werden. Nach Eintrag der maximal erreichbaren Bewertungseinheiten (hier 28 Bewertungseinheiten) in die Tabellenkalkulation errechnet diese automatisch die Rohpunktzahlen unter Berücksichtigung der Notenintervalle im Abitur.

Klausurteil Hörverstehen: Hörverstehen isoliert

Hörverstehen Teil 1: Entretien avec Gaël Faye

Gaël Faye est un jeune écrivain franco-rwandais qui a reçu le Prix Goncourt des lycéens *pour son roman « Petit Pays ». Dans l'interview suivante, vous allez écouter comment il a commencé à écrire.*

- Lisez les questions ci-dessous.
- Vous avez deux minutes.
- Vous allez écouter le texte deux fois.
- Répondez brièvement aux questions en notant l'information demandée.

12 BE

1. À quel âge Gaël Faye a-t-il quitté sa patrie ? **1 BE**

___

2. À son arrivée en France, comment Gaël Faye se sentait-il ? **1 BE**

___

3. L'écriture, quelle fonction remplissait-elle à ce moment-là ? **1 BE**

___

4. Quel est le premier type de textes que Gaël Faye a écrit ? **1 BE**

___

5. Qu'est-ce qui a causé un changement dans l'écriture de Gaël Faye ? **1 BE**

___

6. Quels genres de textes longs Gaël Faye a-t-il déjà écrits ? Nommez- en deux. **2 BE**

a) ___

b) ___

Struktur des Prüfungsteils:
Die Bearbeitung des Klausurteils HV erfolgt vor Klausurteil Schreiben.
Der Prüfungsteil besteht aus zwei Teilaufgaben.
Die Teilaufgaben stehen unter einem gemeinsamen thematischen Dach.

Aufgabenformat:
Réponse courte

Schwerpunkt der überprüften Hörabsicht:
selektives Verstehen
Das Lösen der Items erfordert das Herausfiltern von konkreten Einzelinformationen.

Bewertung:
Je richtiger Lösung erhalten die Schülerinnen und Schüler eine Bewertungseinheit.

Lösungsqualität:
Die Beantwortung soll ausschließlich in Stichpunkten erfolgen.

7. Qui a encouragé Gaël Faye dans son écriture ? **1 BE**

____

8. D'où vient le titre « Petit Pays » du premier roman de Gaël Faye ? **1 BE**

____

9. Selon Gaël Faye, qu'est-ce qui caractérise l'écriture d'un roman ? **1 BE**

____

10. Selon Gaël Faye, qu'est-ce qui caractérise l'écriture d'une chanson ? Nommez un aspect. **1 BE**

____

Itemspezifik:
funktional begründeter Formatwechsel

11. Ce que Gaël Faye aime dans les romans, c'est de ... **1 BE**

A	créer une autre réalité.	☐
B	prendre une autre perspective.	☐
C	s'identifier à d'autres personnages.	☐

Struktur des Prüfungsteils:
Hinweis auf die Wiederholung des Hörtextes

Dans une minute, vous allez écouter le texte une deuxième fois.

Struktur des Prüfungsteils:
Die beiden Hörverstehensteile unterscheiden sich hinsichtlich
- des Typs der Textgrundlage,
- der zu überprüfenden Hörabsicht,
- des Aufgabenformats.

Die beiden Hörtexte stehen unter einem gemeinsamen thematischen Dach.

Hörverstehen Teil 2: La lettre de Gaby

Vous allez écouter un extrait du livre audio autobiographique « Petit Pays » de Gaël Faye qui parle d'une correspondance scolaire réalisée entre une classe en France et une classe au Burundi en Afrique. Le jeune Gaby vient de recevoir la première lettre de sa correspondante française Laure. Dans cet extrait, il y répond.

- Cochez la bonne réponse.

16 BE

1. Gaby commence sa lettre par ... **2 BE**

A	une réflexion.	☐
B	une question.	☐
C	un compliment.	☐

Schwerpunkt der überprüften Hörabsicht:
detailliertes (inferierendes) Verstehen
Das Lösen der Items erfordert das Kombinieren textimmanenter Informationen.

2. Pour Gaby, changer son nom signifie ... **2 BE**

A	devenir adulte.	☐
B	nier ses origines.	☐
C	décider soi-même.	☐

3. Selon Gaby, la couleur des yeux détermine ... **2 BE**

A	l'attractivité.	☐
B	la réussite sociale.	☐
C	la vision du monde.	☐

Bewertung:
Für jede inhaltlich richtige Lösung gibt es zwei Bewertungseinheiten.

4. Gaby donne des exemples pour ... **2 BE**

A	ses succès et ses échecs.	☐
B	ses qualités et ses faiblesses.	☐
C	ses préférences et ses aversions.	☐

5. Le métier de rêve de Gaby représente son désir de ... **2 BE**

A	rétablir les choses.	☐
B	simplifier les choses.	☐
C	découvrir les choses.	☐

6. Gaby attend l'âge adulte avec ... **2 BE**

A	inquiétude.	☐
B	impatience.	☐
C	indifférence.	☐

7. Pour Gaby, les élections sont quelque chose ... **2 BE**

A	de nouveau.	☐
B	d'ennuyeux.	☐
C	d'incompréhensible.	☐

8. La lettre montre que Gaby est ... **2 BE**

A	réfléchi.	☐
B	studieux.	☐
C	désintéressé.	☐

Itemspezifik:
Im Gegensatz zu den vorherigen Items, die fest umrissene Textpassagen tangieren, erfordert Item 8 den Rückgriff auf den gesamten Text.

Dans une minute, vous allez écouter le texte une deuxième fois.

Fin de l'examen de compréhension orale.

Struktur des Prüfungsteils:
Hinweis auf
- die Wiederholung des Hörtextes,
- das Ende des Prüfungsteils.

Organisation des Prüfungsteils:
Die Prüfungsunterlagen dieses Prüfungsteils werden eingesammelt.

13 Leitfragen zur Aufgabenkonstruktion und -analyse

Die folgenden Leitfragen sollen Lehrkräfte bei der Konzeption von Hörverstehensaufgaben vor dem Hintergrund vorliegender Rahmenbedingungen, des vorausgegangenen Unterrichts und wichtigen formalen Gestaltungsvorgaben unterstützen. Sie sollen außerdem zur kritischen Auseinandersetzung mit Hörverstehensaufgaben anregen.

Leitfragen zur Konzeption und Analyse isolierter Hörverstehensaufgaben		geprüft ☑
RAHMENBEDINGUNGEN		
1.	Wie viel Zeit steht für den Prüfungsteil zur Verfügung?	☐
2.	Entspricht das Anforderungsniveau der Textgrundlagen (sprachlich (u. a. themenspezifische Lexik, Sprechgeschwindigkeit, sprachliche Varietät), inhaltlich (vertraut – weniger vertraut – auch nicht vertraut)) und Aufgaben dem avisierten Niveau?	☐
ERTEILTER UNTERRICHT		
3.	Welche Hörabsichten wurden gezielt im Unterricht gefördert?	☐
4.	Welche Hörtexttypen standen im Fokus des Unterrichts?	☐
5.	Welche sprachlichen Varietäten standen im Unterricht im Vordergrund?	☐
6.	Welche Sprechtempi standen im Fokus des Unterrichts?	☐
7.	Welche Hörverstehenstrategien und -techniken wurden gezielt entwickelt und vertieft?	☐
FORMALE GESTALTUNGSVORGABEN		
8.	Werden im Prüfungsteil verschiedene Hörabsichten berücksichtigt?	☐
9.	Kommen im Prüfungsteil unterschiedliche Hörtexttypen zur Anwendung?	☐
10.	Erlauben die Aufgabenformate eine objektive, valide und reliable Auswertung der Schülerleistungen?	☐
11.	Lässt die Bewertung der Items eine Bewertung innerhalb des gesamten Notenspektrums zu?	☐
12.	Erhalten die Schülerinnen und Schüler in der Aufgabenkontextualisierung alle für das Verständnis erforderlichen Hintergrundinformationen zum Hörtext?	☐
13.	Berücksichtigt bzw. berücksichtigen der/die Hörtext/e die zeitlichen Vorgaben?	☐
ANALYSE DES HÖRTEXTES		
14.	Bezieht bzw. beziehen sich der/die Hörtext/e auf den thematischen Schwerpunkt des Unterrichtsvorhabens?	☐
15.	Welche Überprüfung welcher Hörabsicht legt der Hörtext nahe?	☐
16.	Ist die Länge des einzelnen Hörtextes mit Blick auf die Konzentrationsfähigkeit von Schülerinnen und Schülern angemessen?	☐

14 Glossar

Assimilation

Betrifft die Deutlichkeit der Artikulation. Zwei Phoneme, die im Wort eng aufeinanderfolgen, werden im Klang identisch.

Attraktor

Die richtige Antwortoption in einem *Item*, die sich eindeutig von den falschen Antwortoptionen, den *Distraktoren*, unterscheiden lässt.

Bewertungseinheiten (BE)

Für jede richtige (Teil-)Antwort wird eine *BE* vergeben. Pro *Item* können folglich ggf. auch mehrere *BE* vergeben werden. Im Rahmen von Klausuren erfolgt darauf eine Umrechnung in (Klausur-)Punkte zur Festsetzung der Klausurnote. Das Hörverstehen entspricht i. d. R. 20 % der Klausurleistung, also beispielsweise 30 von 150 Punkten. Die Anzahl der *BE* kann hiervon abweichen.

Detailliertes Verstehen

Das möglichst vollständige Erfassen von Aussagen in ihrem Zusammenhang. Hiermit sind komplexere explizite und implizite Informationen gemeint, die im Textzusammenhang verstanden werden müssen. Ein *Item* zum detaillierten Verstehen bezieht sich demnach auf eine Textpassage.

Distraktor

Eine falsche Antwortoption in einem *Item*, die sich eindeutig von der korrekten Antwortmöglichkeit, dem *Attraktor*, unterscheiden lässt. Distraktoren sollten dennoch plausibel und im Text verankert sein (*Textverankerung*).

Einlesezeit

Vorgegebene Zeit für das Lesen aller *Items*, nachdem *Kontextualisierung* und Aufgabenstellung gelesen wurden.

Elision

Betrifft die Deutlichkeit der Artikulation und bezeichnet das Weglassen eines oder mehrerer unbetonter Laute im Inneren oder am Ende eines Wortes.

Ergänzungsaufgabe

Notieren von Stichpunkten zu gesuchten Informationen aus einem Hörtext, z. B. in einer Tabelle. Hierbei wird jede korrekte Lösung mit einer *Bewertungseinheit (BE)* bepunktet.

Globales Verstehen

Das Erschließen der zentralen Aussage (bzw. der zentralen Aussagen) des Gesamttextes. Hiermit ist eine Aussage gemeint, die ausschließlich durch die Verknüpfung der wesentlichen Informationen des gesamten Textes bzw. einer längeren Passage erfasst werden kann. Ein *Item* zum globalen Verstehen bezieht sich demnach auf den gesamten Text bzw. auf eine längere Textpassage.

Gütekriterien bei der Textauswahl

Allgemeine Gütekriterien für die Textauswahl sind u. a. Authentizität, Lebensweltbezug, Übereinstimmung mit den Vorgaben zum Zentralabitur und Kernlehrplan GOSt. Spezifische Gütekriterien beim Hörverstehen sind die Verständlichkeit der Texte, die angemessene Sprechgeschwindigkeit, die möglichst repräsentative Varietät, die möglichst übersichtliche Anzahl der Sprecherinnen und Sprecher, die Unterscheidbarkeit dieser sowie ein inhaltlicher Neuigkeitsgehalt.

Hördurchgang

Den Prüflingen werden die Aufgaben i. d. R. zweimal vorgespielt. Zwischen den Hördurchgängen wird den Prüflingen eine Pause gewährt, die in Abhängigkeit des Umfangs und der Komplexität der Aufgaben in ihrer Dauer variieren kann. Die Anzahl der Hördurchgänge und die Dauer der Pause zwischen den Hördurchgängen ist in jedem Fall vorher bekannt zu geben.

Hörabsicht

Der durch eine Aufgabe oder Kommunikationssituation vorgegebene Rezeptionsstil des Hörens: *Globalverstehen, selektives Verstehen, Detailverstehen* und *inferierendes Verstehen*. Die individuelle Hörabsicht bzw. das individuelle Hörinteresse mit Blick auf bestimmte Informationen bzw. eine spezifische Verarbeitungstiefe einer authentischen Kommunikationssituation werden unter dieser Begrifflichkeit zusammengefasst.

Inferieren

Das Erschließen impliziter Textaussagen, etwa durch Rückschlüsse oder Schlussfolgerungen. Dies kann auch beim Deuten von Emotionen und Stimmungen vorliegen.

Instruktionen

Anweisungen zur Bearbeitung der Aufgabe und Hinweise zur Dauer der Einlesezeit, die i. d. R. oben auf dem Aufgabenblatt abgedruckt und vor dem Bearbeiten gelesen werden. Instruktionen verwenden die einheitlichen Operatoren der jeweiligen Sprachen (vgl. Kapitel 7) und können auf den Fachseiten der Standardsicherung abgerufen werden.

Item

Eine Teilaufgabe innerhalb einer Hörverstehensaufgabe, z. B. eine Frage, Auswahlaufgabe, Ergänzung oder Zuordnung.

Itemabhängigkeit

Der Umstand, dass Informationen eines *Items* Lösungen für vorherige oder folgende *Items* vorgeben.

Itemstamm

siehe *Stamm*

Kontextualisierung

Situative Einbettung des Hörtextes zur Einstimmung der Prüflinge auf die Aufgabe mit Hinweisen z. B. zu Anzahl, Name und ggf. Geschlecht von Sprecherinnen und Sprechern. Diese ist auf dem Aufgabenblatt abgedruckt und wird vor dem Hören gelesen. Der Informationsumfang ist abhängig von der jeweiligen Hörintention.

Kurzantwortaufgabe

Eine Aufgabenart, bei der pro *Item* eine Frage gestellt wird, die in Stichwörtern oder mit einer Kurzantwort gelöst werden soll.

Mehrfachwahlaufgabe (multiple choice / questions à choix multiple)

Bei diesem Aufgabentyp muss der Prüfling zu einem Satzanfang (siehe *Stamm*) die korrekte Fortsetzung oder zu einer Frage die korrekte Antwortoption auswählen. Hierzu kann er durch Ankreuzen aus mehreren Optionen die richtige Ergänzung oder Antwort (siehe *Attraktor*) auswählen. Die anderen Optionen sind eindeutig falsch (siehe *Distraktor*).

Orientierungszeit

siehe *Einlesezeit*

Rezeptionsstil

siehe *Hörabsicht*

Selektives Verstehen

Das gezielte Herausfiltern konkreter Einzelinformationen. Hiermit sind explizit genannte Textinformationen gemeint, die in ihrem unmittelbaren Kontext verstanden, jedoch nicht in größere Textzusammenhänge gebracht werden müssen. Ein *Item* zum selektiven Verstehen bezieht sich demnach auf eine eng umrissene Textstelle.

Stamm

Satzanfang oder Frage einer Mehrfachwahlaufgabe, die durch *Attraktor* und *Distraktoren* fortgeführt oder beantwortet werden. Der Stamm hat aufmerksamkeitsleitende Funktion und steuert die Hörintention. Um die Leseleistung zu minimieren und die schnelle Erfassbarkeit zu gewährleisten, sollte der Stamm möglichst kurz und einfach formuliert werden, aber möglichst ohne wörtliche Übernahmen aus dem Hörtext.

Test-Taking-Strategien

Strategien, die Schülerinnen und Schülern helfen, eine Aufgabe zu lösen. Hierzu gehören etwa

- das geschickte Nutzen von Textsortenkompetenz,
- das Hervorheben von Schlüsselwörtern auf dem Aufgabenblatt,
- das Aufbauen einer Erwartungshaltung nach Lesen der *Kontextualisierung*,
- das Abrufen von thematischem Vokabular,
- das gezielte Anfertigen von Notizen insbesondere bei Kurzantwortaufgaben,
- das Nutzen textstrukturierender Elemente (z. B. Themen- oder Sprecherwechsel),
- das Nutzen von *Textankern* in Aufgabenstellungen oder im *Itemstamm* zur Orientierung,
- das Kontrollieren und Ergänzen von Antworten beim zweiten Hördurchgang.

Hierzu gehört auch das geschickte Einsetzen von Lösungsstrategien, die nicht auf den Hörimpuls gerichtet, sondern erfahrungsbasiert sind (Suche nach *Itemabhängigkeit*, Plausibilität, Wahrscheinlichkeit, Spekulation). Dies sollte bei der Aufgabenkonstruktion im Vorhinein mitbedacht und vermieden werden.

Textmapping
Der erste Schritt der Aufgabenkonstruktion: das Identifizieren von Hauptaussagen, relevanten Einzelaussagen oder impliziten Aussagen, die abgefragt werden können.

Textverankerung
Attraktoren und *Distraktoren* sollten nicht wörtlich dem Text entnommen werden, wohl aber inhaltlich entlehnt sein.

Varietäten
Unterschiedliche Dialekte oder Soziolekte der Zielsprache. Bei Aufgaben für den GK sollten stets Sprecherinnen und Sprecher repräsentativer Varietäten, bei Aufgaben für den LK Sprecherinnen und Sprecher repräsentativer oder weitgehend repräsentativer Varietäten ausgewählt werden.

Verarbeitungsstil
siehe *Rezeptionsstile* bzw. *Hörabsicht*

Zuordnungsaufgabe
Bei diesem Aufgabentyp werden Informationen bestimmten Kategorien zugeordnet, z. B. Sprecherinnen und Sprechern bestimmte Haltungen. Um Folgefehler zu vermeiden, weisen Zuordnungsaufgaben immer mindestens einen *Distraktor* auf.

15 Linksammlung

Die Linksammlung soll die Suche nach geeigneten Hörtexten für den Unterricht unterstützen. Sie bündelt daher

- die wichtigsten Radiosender geordnet nach Zielsprachenländern und Bezugskulturen,
- Sendungen zu spezifischen Interessen,
- spezifische Hörformate mit Blick auf das monologische und dialogische Sprechen.

Dabei berücksichtigt die Auswahl die in den Kernlehrplänen Englisch und Französisch ausgewiesenen inhaltlichen Schwerpunkte des soziokulturellen Orientierungswissens. Die tabellarische Übersicht skizziert zudem, welche inhaltlichen Schwerpunkte die einzelnen Fundstellen thematisieren.

Die Zugänglichkeit zu den unten aufgeführten Links war im Jahr 2022 gewährleistet. Unter Umständen sind Links zu spezifischen Sendungen nicht mehr aktiv. Viele der hier aufgeführten Hörtexte können kostenlos heruntergeladen werden. Andere können online abgespielt werden.

15.1 Linksammlung Englisch

Allgemeine Sender

Sender	**URL**	**Kurzbeschreibung**
Australien		
ABC	www.abc.net.au/newsradio/	Nachrichten

Sender	**URL**	**Kurzbeschreibung**
Großbritannien		
BBC Radio A	https://www.bbc.co.uk/asiannetwork	Südasiatisch geprägtes Kultur- und Musikprogramm
BBC 3 Podcasts	https://www.bbc.co.uk/programmes/b04sv9n7	Verschiedene Sendereihen (z. B. zu Kultur, Politik, Philosophie, Ethik in der Wissenschaft)
BBC 4 Podcasts	www.bbc.co.uk/programmes/p02nrtpm/episodes/downloads	Verschiedene Sendereihen (z. B. Politik, Kultur, Geschichte, Gesellschaft)
BBC Podcasts	https://www.bbc.co.uk/podcasts/genre/news	Überblick über alle BBC Podcasts
The Big Project	https://www.thebigproject.co.uk/podcasts/	Verzeichnis aller UK Podcasts zu Nachrichten, Unterhaltung, Erziehung, Kultur etc.
The Guardian Podcasts	https://www.theguardian.com/podcasts	Verschiedene Sendereihen (z. B. zu Kultur, Politik, Philosophie, Ethik in der Wissenschaft)
UK Parliament	https://www.youtube.com/user/UKParliament	Veröffentlichungen, Debatten, Reden der britischen Regierung

Sender	URL	Kurzbeschreibung
Indien		
BBC World Service	https://www.bbc.co.uk/worldserviceradio	Beiträge zu relevanten Themen weltweit (Tipp: in die Suchfunktion 'India' eingeben)
Radio One	http://www.radioindia.in/radio-one-943-fm	Weiterleitung zu verschiedenen Sendern und Formaten

Sender	URL	Kurzbeschreibung
Irland		
Newstalk	https://www.newstalk.com/	Kommerzieller Nachrichtensender mit Talkshows
RTE 1	https://www.rte.ie/radio1/podcasts/	Öffentlich-rechtlicher Rundfunk, Mischung aus Nachrichten, Musik, aktuellen Reportagen, Kulturberichten und Talk
RTE Radio 1 Extra	https://www.rte.ie/digitalradio/radio1extra/	Digitaler Informationssender mit internationalen Berichten und Reportagen

Sender	URL	Kurzbeschreibung
Kanada		
CBC	https://www.cbc.ca/radio/podcasts	Staatlicher, überregionaler Sender, v. a. überregionale Nachrichten, Features, Politik, Sport etc.

Sender	URL	Kurzbeschreibung
Neuseeland		
Radio New Zealand National	https://www.rnz.co.nz/national	Mix aus Informationen, Talk, Features, Hörspielen und Musik
Radio New Zealand International	https://www.rnz.co.nz/international	Nachrichten aus Neuseeland für das Ausland sowie den pazifischen Raum betreffende Themen, per Livestream und als Podcast im Internet
RNZ (Radio New Zealand)	https://www.rnz.co.nz/topics	Überregionale öffentlich-rechtliche Hörfunkanstalt Neuseelands mit Berichten und Reportagen zu Politik, Gesellschaft, Kultur, Wissenschaft etc.

Sender	URL	Kurzbeschreibung
Nigeria		
Deutsche Welle (englischsprachig)	https://www.dw.com/en/media-center/all-media-content/s-100826?filter=&type=17&sort=date&results=24	Nachrichten, Reportagen zu Nigeria unter *Africalink*, *African Roots*, *Africa on the Move*

Sender	URL	Kurzbeschreibung
Radio Nigeria	live hören unter: https://radio.org.ng/nigeria/ offizielle Website mit einigen Podcasts auf SoundCloud: https://www.radionigeria.gov.ng/	Nachrichten, Redebeiträge von nationalen und internationalen Politikern, Berichte, Reportagen zu verschiedenen aktuellen Themenbereichen
Voice of Nigeria	https://radio.org.ng/voice-of-nigeria/	Nachrichten, Talk

Sender	URL	Kurzbeschreibung
Südafrika		
Cape Talk	www.capetalk.co.za/pages/4/listen-to-cape-talk-on-live-streaming	Sendet aus Kapstadt, v. a. Politik und Features, Podcasts
5FM	www.5fm.co.za/	Sendet aus Johannesburg, v. a. Lifestyle, Nachrichten, Interviews, Podcasts
Jacaranda FM	https://www.jacarandafm.com/	Sender für den Nordwesten, u. a. Kruger National Park, v. a. Entertainment (Kurioses), Nachrichten, Sport, Interviews
Kaya FM	https://www.kayafm.co.za/	Sendet aus Johannesburg, v. a. Politik, Lifestyle, Nachrichten, Reiseberichte, Podcasts

Sender	URL	Kurzbeschreibung
USA		
APM Reports	https://www.apmreports.org/podcasts	Verzeichnis von Podcasts zu Geschichte, Erziehung, Gesundheit, Kultur etc.
CNN	https://podcast.cnn.com/	Amerikanische und globale Nachrichten, insbesondere Politik, Wissenschaft
Internet Archive	https://archive.org/	Gemeinnütziges Projekt aus San Francisco zur Langzeitarchivierung digitaler Daten, umfangreiche frei zugängliche Sammlungen von Audiodateien zu allen Bereichen, Radio-Features, Hörbücher, Dichterlesungen, Live-Konzertmitschnitte, Reden, Debatten
NBC	https://www.nbcnews.com	Amerikanische und globale Nachrichten, insbesondere Politik, Wissenschaft
NPR	https://www.npr.org/podcasts/?t=1551807340299	Amerikanische und globale Nachrichten, insbesondere Politik, Wissenschaft
WBUR	https://www.wbur.org/audio	Amerikanische und globale Nachrichten, insbesondere Politik, Wissenschaft
WNYC	https://www.wnyc.org/	New York Public Radio mit aktuellen Nachrichten und Reportagen

Ausgewählte Sendungen

Sendung	URL	Kurzbeschreibung	Bezugskultur
BBC Newshour	https://www.bbc.co.uk/programmes/p002vsnk/episodes/downloads https://www.bbc.co.uk/programmes/p002vsnk/clips	Interviews, Nachrichten und Analysen globaler Ereignisse Kurze Ausschnitte (Clips)	weltweit
BBC The Documentary	https://www.bbc.co.uk/programmes/p00fvhsf/episodes/player	Längere Audio-Dokumentationen zu politischen, sozialen, kulturellen Themen; z. B. wie sehen verschiedene Länder Großbritannien	weltweit
Behind the Lines Australia	https://www.theguardian.com/australia-news/series/behind-the-lines-podcast	Australische Nachrichten zu Politik, Kultur etc.	Australien
The Expat Cast	https://theexpatcast.podbean.com/	Erlebnisse u. a. junger Leute im Ausland (gap year, volunteering, assimilation …)	weltweit
Free Thinking	https://www.bbc.co.uk/programmes/b0144txn/episodes/player	Themen von aktueller Bedeutung, auch moralische, ethische Diskussionen	GB, USA, weltweit
Future Perfect	https://www.bbc.co.uk/programmes/p03369g7/episodes/guide	Podcasts zu Technologie und Globalisierung	GB, weltweit
Hidden Brain	https://www.npr.org/series/423302056/hidden-brain	Wissenschaftlicher Blick auf menschliches Verhalten, unterhaltsam erzählt	USA, weltweit
Incarnations: India in 50 lives	https://www.bbc.co.uk/programmes/b05rptbv/episodes/downloads	Podcasts: Geschichte Indiens erzählt anhand der Lebensgeschichten 50 herausragender Persönlichkeiten	Indien
The lid is on	https://news.un.org/en/audio-product/lid?page=1	Nachrichten der UN mit globaler Bedeutung	weltweit
My own Shakespeare	https://www.bbc.co.uk/programmes/p02pcb21/episodes/downloads	Verschiedene Personen stellen Auszüge aus Shakespeares Werken vor	GB
Not Your African Cliché	https://notyourafricanclichedotcom.wordpress.com/podcasts/	Nigerianische Literatur, Gleichberechtigung, aktuelle Themen, junge Leute	Nigeria
NPR All Things Considered	https://www.npr.org/programs/all-things-considered/	Beleuchtung aktueller Ereignisse, oft mit globaler Relevanz	USA, weltweit
Shakespeare Unlimited	https://www.folger.edu/podcasts-and-recordings	Verbindung zwischen Shakespeare und unserer Welt	GB
The Shakespeare Sessions	https://www.bbc.co.uk/programmes/p0655br3/episodes/downloads	Meinungen, Lieblingspassagen bei Shakespeare	GB
Talks	www.5fm.co.za/sabc/home/5fm/features/details?id=c270e110-edeo-4cea-a949-987835cfb333&title=5Talks	Podcast: Vorstellung von nennenswerten Personen und Projekten für Jugendliche und junge Erwachsene in Südafrika	Südafrika

Sendung	URL	Kurzbeschreibung	Bezugskultur
Thinking allowed	https://www.bbc.co.uk/programmes/b006qy05	Kontroverse und spannende Themen werden mit Experten diskutiert, als Podcast zum Download verfügbar	GB
Writing a New Nigeria	https://www.bbc.co.uk/programmes/b06s7xct/episodes/player	Autoren diskutieren über die nigerianische Identität und gesellschaftliche Fragen	Nigeria
Youth Voices at the UN	https://player.fm/series/lantern-2428121/youth-voices-at-the-un-s2-11	Globale Themen, die für junge Menschen von Bedeutung sind	weltweit

Spezifische Formate

Sendung/Anbieter	URL	Kurzbeschreibung	Bezugskultur
Reden			
American Rhetoric	https://www.americanrhetoric.com/barackobamaspeeches.htm	Sprachen und Transkripte der US-Präsidenten	USA
Nobelkomitee	https://www.nobelprize.org/prizes/peace .. literature	Reden von Nobelpreisträgern, überwiegend in Englisch	weltweit
President's Weekly Address	https://www.youtube.com/c/WhiteHouse	Wöchentliche Ansprache des US-Präsidenten	USA
TED Talks	https://www.ted.com	Mehr als 2.900 Reden aus den verschiedensten Bereichen und zu den unterschiedlichsten Themen	USA, weltweit
TEDx	https://www.ted.com/watch/tedx-talks	Lokale Plattform für das Teilen von Ideen	weltweit

Sendung/Anbieter	URL	Kurzbeschreibung	Bezugskultur
Nachrichten			
ABC News Radio	https://www.radio.de/s/5pm	Aktuelle Nachrichten	Australien, weltweit
BBC News	www.bbc.co.uk/podcasts/category/news	Aktuelle Nachrichten (rechts "news" auswählen)	weltweit
CNN	https://edition.cnn.com/audio	Amerikanische und globale Nachrichten, insbesondere Politik, Wissenschaft	USA
Global News Radio 980 CKNW	Live hören: https://globalnews.ca/radio/cknw/	Aktuelle Nachrichten, Talk	Kanada, weltweit
Newstalk	https://www.newstalk.com/	Kommerzieller Nachrichtensender mit Talkshows	Irland, weltweit
RTE 1	https://www.rte.ie/radio1/podcast/podcast_morningireland.xml	Podcasts des irischen Nachrichtenflaggschiffs *Morning Ireland* zum Download	Irland, weltweit
Voice of America – VOA Latest Newscast	https://www.radio.de/s/voalatestnewscast	Aktuelle Nachrichten	USA, weltweit

Sendung/Anbieter	URL	Kurzbeschreibung	Bezugskultur
Debatten, Diskussionen			
The Big Question	https://www.bbc.co.uk/programmes/b007zpll	Moralische, religiöse, ethische Diskussionen	GB, weltweit

Sendung/Anbieter	URL	Kurzbeschreibung	Bezugskultur
Vorlesungen			
OpenCulture	www.openculture.com/freeonlinecourses	Rund 1.250 Vorlesungen von renommierten Universitäten, sortiert nach Fächern	USA, GB
Free Video Lectures	https://freevideolectures.com/	Großes Angebot an Vorlesungen, überwiegend aus naturwissenschaftlichen und technischen Bereichen	USA

Sendung/Anbieter	URL	Kurzbeschreibung	Bezugskultur
Audio guides			
British Museum	https://www.britishmuseum.org/visit/audio-guide	Galerie-Einführungen mit Transkripten	GB
City Guides	http://www.playandtour.com/audioguides	Kostenlose Audioguides, z. B. für London und New York mit Audios zu zahlreichen Sehenswürdigkeiten	GB, USA

Sendung/Anbieter	URL	Kurzbeschreibung	Bezugskultur
Radio plays			
BBC	www.bbc.co.uk/podcasts/category/drama	Dramen	GB
The City Within the Walls	https://joshmonroesprojectalpha.podbean.com/	Utopische Sendereihe	Utopia/dystopia
My own Shakespeare	https://www.bbc.co.uk/programmes/p02pcb21/episodes/downloads	Verschiedene Personen stellen Auszüge aus Shakespeares Werken vor	GB
Reddit Audio Drama	https://www.reddit.com/r/audiodrama/	Aktuelle Empfehlungen zu neu erschienen radio plays	alle
The Shakespeare Sessions	https://www.bbc.co.uk/programmes/p0655br3/episodes/downloads	Hörspiele sowie Menschen, die über Shakespeare sprechen	GB

Sendung/Anbieter	URL	Kurzbeschreibung	Bezugskultur
Kostenlose Hörbücher			
LibriVox	https://www.librivox.org	Digitale Bibliothek, große Auswahl an Hörbüchern als Podcasts, überwiegend in Englisch, etwas unübersichtlich, aber mit Filtern für die Suche nach Autoren, Titeln, Genres	USA, weltweit

Sendung/Anbieter	URL	Kurzbeschreibung	Bezugskultur
Lit2go	https://etc.usf.edu/lit2go/	Umfangreiche Sammlung kostenloser Hörbücher und Audios, bereitgestellt durch die University of South Florida	USA, GB
Loyalbooks	www.loyalbooks.com	Digitale Bibliothek, gut aufgebaute Seite, große Auswahl an literarischen Klassikern, aber auch aktuelleren literarischen Werken, nach Genres sortiert	weltweit
OpenCulture	www.openculture.com/freeaudiobooks	Angebot von rund 700 kostenlosen Hörbüchern, überwiegend Klassikern	weltweit
ThoughtAudio	http://thoughtaudio.com/	Sammlung internationaler Hörbücher in hochwertiger Qualität	weltweit

Sendung/Anbieter	URL	Kurzbeschreibung	Bezugskultur
Buchbesprechungen			
Great Podcasts for lovers of stories and books	https://www.scottishbooktrust.com/blog/reading/2013/07/10-podcasts-for-lovers-of-stories-and-books	Verzeichnis von Podcasts zum Thema Literatur	Schottland, weltweit
The Guardian Book Reviews	https://www.theguardian.com/books/series/books	Rezensionen	weltweit
London Review of Books	https://www.lrb.co.uk/audio	Rezensionen	weltweit
New York Times Book Reviews	https://www.nytimes.com/column/book-review-podcast	Rezensionen	weltweit
The Verge Book Club Podcast	https://www.theverge.com/the-verge-book-club	Buchbesprechungen aktueller Titel und verschiedener Klassiker	weltweit

15.2 Linksammlung Französisch

Allgemeine Sender

Sendung/ Anbieter	URL	Kurzbeschreibung
Frankreich		
Europe 1	www.europe1.fr/	Aktuelles aus der französischen und internationalen Politik, Wirtschaft, Sport, Medien, Kultur
France Bleu	https://www.francebleu.fr/	Lokale und nationale Neuigkeiten
France Culture	https://www.franceculture.fr/	Aktuelles und Nachrichten aus Kultur, Wissenschaft, Literatur und Kunst
France Inter	https://www.franceinter.fr/	Nachrichten, Kulturinformationen, Musik
franceinfo	https://www.francetvinfo.fr/	Nachrichten und Informationen

Sendung/ Anbieter	URL	Kurzbeschreibung
Fréquence Terre/ Radio Nature	https://www.frequenceterre.com/	Informationen zu Umwelt und Natur
Radio Ethic	http://www.radioethic.com/	Informationen und Neuigkeiten rund um die Umwelt
RFI (Radio France Internationale)	http://www.rfi.fr	Neuigkeiten, Informationen aus aller Welt

Sendung/ Anbieter	URL	Kurzbeschreibung
Schweiz		
RFJ	https://www.rfj.ch/rfj/index.html	Informationen und Nachrichten aus dem Kanton Jura
RJB	https://www.rjb.ch/rjb/index.html	Informationen, Nachrichten aus dem Jura bernois
RTN	https://www.rtn.ch/rtn/Actualite/Suisse.html	Informationen und Nachrichten aus der Region Neuchâtel
RTS la1ère	https://www.rts.ch/play/radio/	Informationen, Nachrichten

Sendung/ Anbieter	URL	Kurzbeschreibung
Kanada		
ICI Radio-Canada – Québec	https://ici.radio-canada.ca	Überregionale und lokale Nachrichten aller kanadischen Provinzen, Interviews, Informationen zu Gesellschaft, Politik, Sport etc., viele Podcasts zu unterschiedlichen Themen (ohne Anmeldung)
RCI (Radio Canada International)	http://www.rcinet.ca/fr/	Internationale und nationale Nachrichten, kulturelle Themen, Interviews
Balado Quebec	https://baladoquebec.ca/	Verschiedene Podcasts zu vielen Themen, Webradio (ohne Anmeldung)
Radio Phile	http://radiophile.ca/	Podcasts zu Gesundheitsthemen
Envol 91.1 CKXL	http://www.envol91.mb.ca/	Interviews, Podcasts zu verschiedenen Themen (teilweise nur mit Anmeldung)

Sendung/ Anbieter	URL	Kurzbeschreibung
Belgien		
RTBF la1ère	https://www.rtbf.be/ https://www.rtbf.be/lapremiere/	Informationen und Nachrichten aus dem frankophonen Belgien Sendungen z. T. mit Transkript, für einige Podcasts muss man sich anmelden

Sendung/ Anbieter	URL	Kurzbeschreibung
Bel RTL	https://www.rtl.be/belrtl/index-bel-rtl.htm	Nachrichten, Kultur, Humor, Unterhaltung

Sendung/ Anbieter	URL	Kurzbeschreibung
Luxemburg		
L'Essentiel radio	http://www.lessentielradio.lu/	Einziger französischsprachiger Sender in Luxemburg, nur *live-stream*, keine Podcasts

Sendung/ Anbieter	URL	Kurzbeschreibung
DOM/TOM		
franceinfo	https://la1ere.francetvinfo.fr/emissions-radio/planete-outre-mer	Diverse Informationen zu den Übersee-Départements und Übersee-Regionen, Presserundschau
Radio 1 Tahiti – FM 100.0 – Papeete	https://www.radio1.pf/journal-de-7h30-le-07-06-2018/	Nachrichten aus Französisch Polynesien
Radio Caraibes	http://www.rci.fm/choix-ile	Nachrichten, Kultur, Musik, Faits divers zu allen Antilleninseln
Tiare FM	http://tiarefm.radio.fr/	Politik und Nachrichten aus Französisch Polynesien
RFI (Radio France Internationale)	http://www.rfi.fr	Allgemeine Nachrichten aus der ganzen Welt
TV 5 Monde	http://www.tv5monde.com/	Kultur, Aktuelles und Gesellschaft
TV 5 Monde	http://enseigner.tv5monde.com/fle/cest-quoi-loutre-mer	Französisch in der ganzen Welt, Materialien für den Unterricht

Sendung/ Anbieter	URL	Kurzbeschreibung
Afrika		
Radio Okapi (Kongo, Kinshasa)	https://www.radiookapi.net	Unabhängiger, überregionaler Sender mit Sitz in Kinshasa, von der UNO gefördert, viele Podcasts auch zu „jungen Themen“, Sendungen u. a.: *Parole d'enfant, Le beau Congo*
Radio Algérie, Chaîne 3	http://www.radioalgerie.dz/chaine3	Podcasts zu den Themen Geschichte und Kultur, Sendungen u. a.: *Dans ma bulle (Kultur), Au coeur de la société (kurze Beiträge, Gesellschaft), Fach-'hadou (Geschichte), Chronique littéraire*

Ausgewählte Sendungen

Sendung	URL	Kurzbeschreibung	Bezugskultur
Frankreich			
A voix nue	www.franceculture.fr/emissions/voix-nue	30-minütige Sendung, in der berühmte Persönlichkeiten zu Wort kommen, aber: im Gespräch!	Frankreich
Ciné-débat	www.franceinter.fr/emissions/cine-debat	Diskussionen rund um Kultur (Film, Bücher)	Frankreich
Débat	www.franceculture.fr/theme/concept/debat	Kulturelle Themen	Frankreich
Débat du jour	www.rfi.fr/emission/debat-jour	Diskussionen zu allen Themen des aktuellen Geschehens, Kultur, Gesellschaft	international
Le débat de midi	www.franceinter.fr/emissions/le-debat-de-midi	Diskussionen zu allen Themen des aktuellen Geschehens, Kultur, Gesellschaft	Frankreich
Le grand face- à-face	www.franceinter.fr/emissions/le-grand-face-a-face	Überwiegend Diskussionen über Politik	international
On se dit tout sur France Bleu	www.francebleu.fr/emissions/se-dit-tout-sur-france-bleu	Diskussionen zu Themen des Alltags	Frankreich

Sendung	URL	Kurzbeschreibung	Bezugskultur
Schweiz RTS la1ère			
A l'abordage	www.rts.ch/play/radio/emission/a-labordage?id=8272976	Diverses: Kultur, Geschichte, Vorstellung von Kuriosem und verschiedenen Personen	Schweiz
Chacun pour tous	www.rts.ch/play/radio/emission/chacun-pour-tous?id=1423844&station=a9e7621504c6959e35c3ecbe7f6bed0446cdf8da	Vorstellung humanitärer oder sozialer Projekte weltweit, kurze Sendung ca. 2:30	Schweiz
Forum	www.rts.ch/play/radio/emission/forum?id=1784426&station=a9e7621504c6959e35c3ecbe7f6bed0446cdf8da	Aktuelle Nachrichten weltweit und Schweiz	Schweiz und weltweit
Futur – antérieur	www.rts.ch/play/radio/emission/futur-anterieur?id=8860296&station=a9e7621504c6959e35c3ecbe7f6bed0446cdf8da	Neue Trends, neue Art(en) zu leben, zu denken werden erläutert	Schweiz
Histoire vivante	www.rts.ch/play/radio/emission/histoire-vivante?id=1950967&station=a9e7621504c6959e35c3ecbe7f6bed0446cdf8da	Historische Ereignisse, meist in mehreren Folgen	Schweiz und weltweit
Ici la Suisse	www.rts.ch/play/radio/emission/ici-la-suisse?id=8857386&station=a9e7621504c6959e35c3ecbe7f6bed0446cdf8da	Kurze Reportagen über Schweizer und Schweizer Regionen, kurz, ca. 5–6 Minuten	Schweiz
Le Conseil fédéral (de la Suisse)	www.admin.ch/gov/fr/accueil/documentation/discours/discours-conseillers-federaux.html	Politik: Reden von Abgeordneten	Schweiz

Sendung	URL	Kurzbeschreibung	Bezugskultur
On en parle	www.rts.ch/play/radio/emission/on-en-parle?id=1423878&station=a9e7621504c6959e35c3ecbe7f6bed0446cdf8da	Alltagsgeschichten	Schweiz
Quinze minutes	www.rts.ch/play/radio/emission/quinze-minutes?id=1423883&station=a9e7621504c6959e35c3ecbe7f6bed0446cdf8da	Nachrichten, aktuelle Themen	Schweiz, weltweit
Si la photo est bonne	www.rts.ch/play/radio/emission/si-la-photo-est-bonne?id=8860984&station=a9e7621504c6959e35c3ecbe7f6bed0446cdf8da	Interpretation eines (aktuellen) Fotos	weltweit

Sendung/Anbieter	URL	Kurzbeschreibung	Bezugskultur
Belgien			
Dans quel monde on vit ?	www.rtbf.be/lapremiere/emissions/detail_dans-quel-monde-on-vit?programId=8524#toplivearea	Kritische Reflexion aktueller Themen aus der Gesellschaft	Belgien
La semaine de l'Europe	www.rtbf.be/lapremiere/emissions/detail_la-semaine-de-l-europe/reecoutez?programId=592#toplivearea	Europäische Themen	Belgien, Europa
Les carnets francophone	www.rtbf.be/lapremiere/emissions/detail_les-carnets-francophones?programId=8754#toplivearea	Gesellschaft	Belgien, Frankophonie
Les décodeurs	www.rtbf.be/lapremiere/emissions/detail_les-decodeurs?programId=8851#livearea	Gesellschaft, Politik, Erläuterung aktueller Themen	Belgien, Frankophonie
Tendences première	www.rtbf.be/lapremiere/emissions/detail_tendances-premiere?programId=11090#toplivearea	Gesellschaft	Belgien
Transversales	www.rtbf.be/lapremiere/emissions/detail_transversales?programId=492#toplivearea	Reportagen Belgien und weltweit	Belgien, weltweit
Un jour dans l'histoire	www.rtbf.be/lapremiere/emissions/detail_un-jour-dans-l-histoire?programId=5936#toplivearea	Geschichte	Belgien, international

Sendung/Anbieter	URL	Kurzbeschreibung	Bezugskultur
Kanada			
À rebours	http://ici.radio-canada.ca/mesAbonnements/baladodiffusion/index_emission.asp?path=radio/rebours	Gesellschaftliche und historische Themen (Texte sind 4 Minuten lang)	Kanada
Faut pas croire tout ce qu'on dit	http://feeds.feedburner.com/FautPasCroireToutCeQuonDit	Politische Themen	Kanada

Sendung/Anbieter	URL	Kurzbeschreibung	Bezugskultur
L'heure du monde	http://feeds.feedburner.com/lheuredumonde	Aktuellste internationale Themen	Kanada
La librairie francophone	http://ici.radio-canada.ca/premiere/emissions/la-librairie-francophone	Literatur, Interviews mit Schriftstellern	Kanada
Les années lumière	http://feeds.feedburner.com/lesanneeslumiere	(Natur-)wissenschaftliche Themen	Kanada
Pas banale, la vie !	https://ici.radio-canada.ca/ohdio/premiere/emissions/1641/pas-banale-la-vie?depuisRecherche=true	Gesellschaftliche Themen, Interviews bekannter und unbekannter Personen	Kanada
Plus on est de fous, plus on lit !	http://feeds.feedburner.com/PlusOnEstDeFousPlusOnLit	Literatur	Kanada

Spezifische Formate

Sendung/Anbieter	URL	Kurzbeschreibung	Bezugskultur
Reden			
Le Conseil fédéral (de la Suisse)	www.youtube.com/derschweizerischebundesratleconseilfederalsuisseilconsigliofederalesvizzero	Politik: Reden von Abgeordneten, Pressekonferenzen	Schweiz
A voix nue	www.franceculture.fr/emissions/voix-nue	30-minütige Sendung, in der berühmte Persönlichkeiten zu Wort kommen, aber: im Gespräch!	Frankreich
Déclarations/Discours	www.elysee.fr	Hier findet man zahlreiche Reden des Präsidenten und anderer Regierungsmitglieder. Die Seite verfügt über eine Suchmaschine, die nach Datum, Themen und Genre sortiert.	Frankreich, Europa, Francophonie
Discours/Littérature audio.com	www.litteratureaudio.com/livres-audio-gratuits-mp3/categorie/discours	Sammlung historischer Reden, die neu vertont wurden, kostenloser Download, größtenteils sehr lange Audiodokumente, die geschnitten werden müssen	hauptsächlich Frankreich, z. T. international
Les grands discours	www.franceinter.fr/emissions/les-grands-discours	Wöchentliche Sendung, Podcasts von ca. 50 Minuten, die geschnitten werden müssen, Christophe Barreyre kommentiert historisch bedeutsame Reden	international

Sendung/Anbieter	URL	Kurzbeschreibung	Bezugskultur
Débats, Discussions			
France bleu	https://www.francebleu.fr/emissions/se-dit-tout-sur-france-bleu	Diskussionen über Alltagsthemen	Frankreich
France Culture	www.franceculture.fr/theme/concept/debat	Kulturelle Themen	Frankreich
France info	www.francetvinfo.fr/replay-radio/le-debat-du-17-20/	Überwiegend politische Diskussionen	Frankreich

Sendung/Anbieter	URL	Kurzbeschreibung	Bezugskultur
France inter	www.franceinter.fr/emissions/le-debat-de-midi	Diskussionen zu aktuellen Themen, Gesellschaft und Kultur	Frankreich
France inter	www.franceinter.fr/emissions/le-grand-face-a-face	Überwiegend politische Diskussionen	international
France Inter	www.franceinter.fr/theme/debat	Diskussionen zu aktuellen Themen, Gesellschaft und Kultur	Frankreich
France Inter	www.franceinter.fr/emissions/cine-debat	Kulturelle Diskussionen (Film, Buch)	Frankreich
France Inter	www.franceinter.fr/emissions/le-debat	Diskussionen zu aktuellen Themen, Gesellschaft und Kultur	international
RFI (Radio France Internationale)	www.rfi.fr/emission/debat-jour	Diskussionen zu aktuellen Themen, Gesellschaft und Kultur	international

Sendung/Anbieter	URL	Kurzbeschreibung	Bezugskultur
Vorlesungen			
Canal U	www.canal-u.tv/	z. T. als Videos, gegründet vom französischen Wissenschafts- und Hochschulministerium, mittlerweile unter der Leitung der *Fondation Maison des sciences de l'homme*	Frankreich
Collège de France	www.college-de-france.fr/site/audio-video/index.htm	Gastvorträge verschiedener Persönlichkeiten	Frankreich

Sendung/Anbieter	URL	Kurzbeschreibung	Bezugskultur
Guides audio			
Izi travel	http://izi.travel/fr/search	Verschiedene Sehenswürdigkeiten und Städte	Frankreich, Kanada, Belgien, Schweiz, Luxembourg, frankophones Afrika

16 Aufgabenentwicklung – Aufgabenbewertung: Checkliste

Anhand der Checkliste können Lehrkräfte die Qualität einer Hörverstehensaufgabe überprüfen: Eine gelungene Hörverstehensaufgabe erfüllt idealerweise möglichst viele, aber nicht notwendigerweise alle der im Folgenden genannten allgemeinen Konstruktionsprinzipien.

☑	**LEITENDES PRINZIP** **Die Items sind …**	**ERLÄUTERUNG**	**ZIEL**
☐	auf die **relevanten Textaussagen** gerichtet.	Anknüpfung an ein natürliches Hörinteresse (Anlass- oder Kontextbezug, Situation, Thema)	*Die Items überprüfen das Verständnis zentraler Textaussagen.*
☐	so **kurz** wie möglich.	Reduktion der notwendigen Leseleistung	*Die Items müssen schnell erfassbar sein.*
☐	**klar** und **eindeutig**.	Vermeidung von: • komplexen Formulierungen • Passivkonstruktionen • Verneinungen (auch von indirekten) • Pronomina Verwendung von: • vertrautem und leicht erschließbarem Vokabular • einfachen grammatischen/syntaktischen Strukturen • parallelen Satzstrukturen in den Optionen • Namen und Bezeichnungen	
☐	folgen einem **Ordnungsprinzip**.	Die Antwortoptionen sind • möglichst gleich lang, • von kurz nach lang sortiert.	
☐	**textchronologisch** und **ausgewogen** über den Text **verteilt**.	Die Items leiten durch den Text. Vermeidung irritierender Pausen oder einer Überforderung durch zu schnelle Taktung der Items.	*Die Items überprüfen Hörverstehen und nicht die Gedächtnisleistung.*
☐	**nur mit**hilfe des **Textes erschließbar**.	Items sind • nicht allein durch Weltwissen lösbar, • stets in allen Antwortoptionen plausibel.	*Die Items prüfen Hörverständnis und nicht das soziokulturelle Orientierungswissen.*
☐	mit all ihren Antwortmöglichkeiten im Text **verankert**.	Die inhaltlichen Ideen aller Antwortoptionen sind dem Text entlehnt.	
☐	voneinander **unabhängig**.	Items geben keine Lösungshilfen für andere Items vor.	*Die Items prüfen Hörverständnis und keine Test-Taking-Strategien.*
☐	**trennscharf**.	Die Antwortoptionen sind • klar voneinander zu unterscheiden, • stets eindeutig richtig bzw. eindeutig falsch.	*Die Items überprüfen das Verstehen von Äußerungen und nicht das Deuten von Antwortoptionen.*

17 Aufgabenentwicklung – Textauswahl: Checkliste

Anhand der Checkliste können Lehrkräfte die Qualität von Hörtexten überprüfen: Eine gute Textauswahl erfüllt idealerweise möglichst viele, aber nicht notwendigerweise alle der im Folgenden genannten allgemeinen Kriterien.

☑	LEITENDES PRINZIP …	ERLÄUTERUNG	ZIEL
Die Hörtexte …			
☐	sind **authentisch**.	Erfüllung der Kompetenzanforderungen des KLP	*Bewältigung realer rezeptiver Kommunikationssituationen*
☐	sind **kohärent**.	Der Hörtext weist keine inhaltlichen Brüche oder Sprünge auf.	*Vermeidung von Hindernissen, die das Hörverständnis beeinträchtigen können*
☐	orientieren sich an den **inhaltlichen Schwerpunkten** des KLP.	Erfüllung der Kompetenzanforderungen des KLP	*Rezeptive Auseinandersetzung mit vielfältigen Inhalten*
☐	berücksichtigen verschiedene **Kommunikationssituationen**.	Kommunikationssituationen umfassen unterschiedliche – Anlässe – Zwecke – Adressaten – Hörtextsorten	*Rezeptive Auseinandersetzung mit vielfältigen Hörsituationen*
☐	sind genuin **auditive** Hörtexte.	Vermeidung von Informationen, die durch weitere Sinneskanäle erschlossen werden müssen	*Überprüfung des **Hör**verstehens*
Die Sprecherinnen und Sprecher …			
☐	weisen eine dem Anforderungsniveau angemessene **Sprechgeschwindigkeit** auf.	Erfüllung der Kompetenzanforderungen des KLP	*Rezeptive Auseinandersetzung mit vielfältigen muttersprachlichen Sprecherinnen und Sprechern*
☐	repräsentieren unterschiedliche **Varietäten**.		
Der Inhalt der Hörtexte …			
☐	beinhaltet **neue Informationen**.	Der Hörtext ist inhaltlich relevant und ist nicht ausschließlich durch Weltwissen inhaltlich antizipierbar.	*Erweiterung des und Abgleich mit soziokulturellem Orientierungswissen(s)*
☐	gründet **nicht** ausschließlich auf **Ironie** und **Humor**.	Die Auslegung von Witz und Ironie ist sehr subjektiv und kann daher nicht objektiv bewertet werden.	*Überprüfung des **Hör**verständnisses*
☐	ist **nicht stark verdichtet**.	Das Verstehen stark verdichteter auditiver Texte erfordert komplexe kognitive und affektive Entschlüsselungsprozesse, die weit über das reine Hörverstehen hinausgehen.	

18 Lösungen und Transkriptionen zu den Beispielaufgaben

18.1 Aufgabenbeispiel Englisch: Longest reigning monarch

Auch Lösungen, die nicht dem hier aufgeführten Wortlaut entsprechen, inhaltlich jedoch übereinstimmen, gelten als richtig.

Item	Lösungen	Bewertungseinheiten
1	b	1
2	c	1
3	c	1
4	b	1
5	d	1
6	c	1
7	d	1
8	*Zwei Lösungen aus den von folgenden Optionen:* • introduced Christmas Day message on TV • opened royal palaces to the public • invented the Royal Walkabout	1 1
9	c	1
10	a	1
	Summe	**11**

Transkription

John Bercow, Speaker of the House of Commons:
Order. We begin today with speeches to mark Her Majesty the Queen becoming our longest serving monarch. The Prime Minister.

David Cameron:
Thank you, Mr. Speaker.
Mr Speaker, today Her Majesty the Queen becomes the country's longest reigning Monarch.

And it is of course typical of her selfless sense of service that **she would have us treat this day just like any other.** But Mr Speaker, **while I rarely advocate disobeying Her Majesty** – least of all in her own Parliament, I do think it is right that today we should stop and take a moment as a nation to mark this historic milestone and to thank Her Majesty for **the extraordinary service** that she has given to our country over more than six decades. Mr Speaker, Her Majesty the Queen inspires us all with her **incredible service, her dignified leadership and the extraordinary grace** with which she carries out her duties, and I would like to say a word about each.

Textverankerung Item 1

Textverankerung Item 2

Textverankerung Item 3

Mr Speaker, on her 21st birthday, in a radio broadcast from Cape Town, over four years before she would accede to the throne, the then Princess **dedicated her life to the service of the Commonwealth** saying, and I quote: **I declare before you all that my whole life whether it be long or short shall be devoted to your service.**

It is one thing for a 21-year-old to utter those inspiring words. It is another to live by them for more than 60 years. For all of us in this chamber who seek to play our part in public service it is truly humbling to comprehend the scale of service that Her Majesty the Queen has given this country.

Textverankerung Item 4

Mr Speaker, the reign of Queen Elizabeth has been a golden thread running through 3 post-war generations, and **she has presided over more than two thirds of our history as a full democracy with everyone being able to vote.** *[11:35:47] [...]*

Textverankerung Item 5

Textverankerung Item 6

[11:36:44] Turning to her leadership, Her Majesty exemplifies the unique combination of tradition and progress that has come to define us as a nation. She has been a rock of stability in **an era in which our country has changed so much**, providing an enduring focal point for all her people. But she has also recognised the need to embrace change. As she said in an address to both Houses of Parliament back on her Golden Jubilee in 2002: For if a Jubilee becomes a moment to define an age, then for me we must speak of change. Change has become a constant; **managing it has become an expanding discipline. The way we embrace it defines our future.**

Textverankerung Item 7

Her Majesty's contribution to shaping the future of the Commonwealth has been particularly extraordinary. Some doubted whether this organisation would succeed, but she has assiduously supported it, **growing it from just 7 members in 1952 to 53 today. She has played the leading role in building a unique family of nations that spans every continent**, all the main religions and nearly a third of the world's population. *[11:37:51] [...]*

[11:38:19] She is held in deep affection by leaders around the world, and even ardent Republicans fall under her spell. *[11:38:26] [...]*

Textverankerung Item 8

Textverankerung Item 9

Textverankerung Item 10

[11:28:43] Mr Speaker, throughout her long service, the Queen has carried herself with an extraordinary grace and presence. She has led a gentle evolution of our monarchy, bringing it closer to the people while maintaining its dignity. She pioneered **the first televised Christmas Day Message**, over 30 years before we allowed cameras into this House. **She opened up the Royal Collection and Palaces. And she invented the Royal Walkabout**, so she could meet more people on her visits. **People who meet the Queen often talk about it for the rest of their lives.** And I am sure that I speak for all of my 11 predecessors when I say that going to see the Queen to form a government and then meeting her once a week is one of **the most enjoyable, inspiring and humbling honours of this office.** *[11:39:22] [...]*

Quelle: https://parliamentlive.tv/event/index/56fe1db5-095c-4ce8-bb0b-bef2a39568f9?in=11:34:03 (11:34:03–11:35:47, 11.36:44–11:37:51, 11:38:19–11:38:26, 11:38:43–11:39:22)

18.2 Aufgabenbeispiel Französisch: L'École Thot

Item	Lösungen	Bewertungs-einheiten
1	b	1
2	c	1
3	b	1
4	a	1
5	c	1
6	b	1
	Summe	6

Transkription

[0:00 – 0:55]
Périphéries : Edouard Zambeaux

Animatrice : Bonsoir Edouard Zambeaux.

Edouard Zambeaux : Bonsoir Claire.

Animatrice : Alors, crise de migrants oblige. Vous vous êtes intéressé à **une école qui apprend le français aux demandeurs d'asile : L'école Thot.** Textverankerung Item 1

Edouard Zambeaux : Je suis effectivement allé rencontrer les élèves méritants d'une école particulière, l'école Thot. Alors, pour info, 'thot' c'est le dieu égyptien du savoir et du langage. L'école Thot donc fait le pari d'apprendre le français en quatre mois à des migrants. **C'est une initiative qui a été lancée par des citoyens qui ont souhaité apporter une réponse à leur échelle pour accueillir et accompagner les exilés dans leur processus d'intégration et d'émancipation, une réponse de générosité** comme l'a souligné Alain Rey au début de cette émission. Et la première promo s'est achevée cette semaine sur un plein succès. 25 reçus sur 27 candidats au diplôme d'État français initiale ou élémentaire. Textverankerung Item 2

[1:55 – 3:10]
Judith Aquien : Thot, c'est une école de français diplômante pour les réfugiés et les demandeurs d'asile qui n'ont pas pu aller jusqu'au niveau bac. Judith Aquien, présidente de Thot.

Edouard Zambeaux : **Vous donnez des cours de français globalement à des gens qui n'ont jamais été scolarisés compris dans leurs pays d'origine.** Textverankerung Item 3

Judith Aquien : Alors, jamais... peu. Hum, mais oui.

Edouard Zambeaux : **Le pari Thot, c'est qu'on peut apprendre le français en quatre mois ?** Textverankerung Item 4

Textverankerung Item 5

Judith Aquien: Oui, et ça fonctionne. C'est extraordinaire. En fait, on a plus de 95 % de personnes qu'on a présentées au diplôme qui l'ont eu.

Edouard Zambeaux: Donc, en quatre mois vous avez emmené trente réfugiés à passer des diplômes d'État en français.

Judith Aquien: Oui. Le diplôme du DILF et le diplôme du DELF A1 et A2.

Edouard Zambeaux: Qui veut, vient.

Judith Aquien: Oui, hum, alors la seule condition évidemment est d'être assidu. Hum, mais oui, bien sûr qui veut vient. Quel que soit le statut, on n'est pas du tout exclusif. Hum, puisque les demandes d'asile sont extrêmement longues et donc il s'agit que… pendant ce temps d'attente… eh bien quelque chose de fertile advienne.

Textverankerung Item 6

Edouard Zambeaux: C'est gratuit évidemment ?

Judith Aquien: C'est sept Euros symboliques.

Edouard Zambeaux: Quel est le mot de français que vous voudriez le plus leur apprendre ?

Judith Aquien: Horizon ! Thot, c'est transmettre un horizon à tous.

Quelle: https://www.franceinter.fr/emissions/peripheries/peripheries-28-octobre-2016 (0:00–0:55, 1:55–3:10)

18.3 Aufgabenbeispiel Englisch: Studying abroad

Auch Lösungen, die nicht dem hier aufgeführten Wortlaut entsprechen, inhaltlich jedoch übereinstimmen, gelten als richtig.

Item	Lösungen	Bewertungs-einheiten
1	her mom loved to travel/she traveled a lot with her mom	1
2	*Zwei Lösungen aus den folgenden Optionen:* • see how other cultures/countries learn • see how others see the world/people live in a bubble (in the US) • you can follow your passions	1 1
3	*Zwei Lösungen aus den folgenden Optionen:* • lessons took place at different locations/her professor took them outside to work/they went to museums and sights • her course was small/there were only four students in her course • the students' observations were the basis for academic talks/they discussed what they saw over a cup of tea	1 1
4	travel/join rotary projects/do volunteer work *nicht:* grab on to every opportunity (zu unspezifisch!)	1

Item	Lösungen	Bewertungs-einheiten
5	*Zwei Lösungen aus den folgenden Optionen:* • find out about your interests/passions/strengths • practice changing perspectives/be more open-minded • expand your world/get to know new people/places	1 1
	Summe	**8**

Das Transkript zur Aufgabe kann leider aus urheberrechtlichen Gründen hier nicht aufgeführt werden.

Quelle: https://www.youtube.com/watch?v=ReHAd7alpJ4

18.4 Aufgabenbeispiel Französisch: À la recherche de Marcel Proust

Auch Lösungen, die nicht dem hier aufgeführten Wortlaut entsprechen, inhaltlich jedoch übereinstimmen, gelten als richtig.

Item	Lösungen	Bewertungs-einheiten
1	vacances familiales/séjours en famille	1
2	invention de Proust	1
3	conserver certaines habitudes	1
4	visites à sa tante malade	1
5	*Zwei Lösungen aus den folgenden Optionen:* a) biscotte/pain grillé b) gâteau dodu/gâteau qui fond dans la bouche	1 1
6	les initiales de Marcel Proust	1
7	un souvenir	1
	Summe	**8**

Transkription

[0:00] **Présentateur :** Marcel Proust venait régulièrement de Paris pour passer ses vacances dans la maison de sa tante et de son oncle, Elisabeth et Jules Amiot. Il découvrait alors le village d'Illiers-Combray depuis le train. [...]

[0:48] **Présentatrice : Cette maison et ce village l'ont ensuite inspiré pour écrire son œuvre « À la recherche du temps perdu ».** Elisabeth Amiot est ainsi devenue tante Léonie et le village d'Illiers s'est enrichi de son équivalent romanesque Combray.

Textverankerung Item 1

Présentateur : C'est la seule commune de France qui a accolé son nom à celui d'une commune imaginée par un écrivain.

Textverankerung Item 2

Présentatrice : Il y a donc plus d'un siècle ... Il suffisait de pousser la porte pour rencontrer le petit Marcel, ses parents et sa famille. **Si vous avez le Proust, vous savez peut-être qu'il y avait un code.**

Textverankerung Item 3

[2:10] **Présentateur : Un code secret ?**

Présentatrice : Non, plutôt de vieilles habitudes. On entendait le grelot pour ceux qui entraient sans sonner. Et la clochette pour les autres visiteurs. Marcel Proust ne l'a jamais oublié. [...]

[2:10] **Présentateur :** Regardez maintenant à gauche, l'autre façade de la maison. À l'étage, vous voyez la deuxième fenêtre, celle du milieu ? C'était celle de la tante.

Textverankerung Item 4

Présentatrice : Cette femme qui était malade y passait des heures, alitée, à observer les allées et venues de la rue. Le petit Marcel lui rendait visite, dégustant la fameuse petite madeleine.

Présentateur : « Et tout d'un coup, le souvenir m'est apparu. Ce goût, c'était celui du petit morceau de madeleine que le dimanche matin à Combray, ma tante Léonie m'offrait après l'avoir trompée dans son infusion de thé ou de tilleul. »

Présentatrice : Mais la madeleine a-t-elle réellement existé ? Mireille Naturel est secrétaire générale de la Société des Amis de Marcel Proust et des Amis de Combray. Elle nous apporte quelques précisions. Il est vrai que pour la pâtisserie d'Illiers, oui, la petite madeleine de Proust existe.

Textverankerung Item 5

Textverankerung Item 6

Textverankerung Item 7

Mireille Naturel : Mais dans l'œuvre, elle avait d'autres formes. Dans les versions précédentes, elle était biscotte, elle était pain grillé. Donc si Proust en a fait une madeleine, c'est qu'il voulait en faire quelque chose de très particulier, c'est un gâteau court et dodu. C'est un gâteau qui fond dans la, dans la cuillère, puis dans la bouche. C'est une petite madeleine, et **il a mis des majuscules à P et à M et donc on retrouve Marcel Proust dans la petite madeleine.**

Présentatrice : Aujourd'hui la madeleine appartient un peu à tout le monde. Nous avons tous notre madeleine. **Un goût, un bruit, un objet qui font remonter en mémoire des souvenirs lointains.**

Présentateur : « Et dès que j'eus reconnu le goût du morceau de madeleine, trempé dans le tilleul que me donnait ma tante, aussitôt la vieille maison grise sur la rue, où était sa chambre, vint comme un décor de théâtre s'appliquer au petit pavillon donnant sur le jardin, qu'on avait construit pour mes parents sur ses derrières. Et avec la maison, la ville depuis le matin jusqu'au soir et par tous les temps, la place où on m'envoyait avant de déjeuner, les rues où j'allais faire des courses, les chemins qu'on prenait si le temps était beau. »

Quelle: http://www.zevisit.com/tourisme/eure-et-loir (0:00–0:12, 0:48–1:35, 2:10–4:15)

18.5 Aufgabenbeispiel Englisch: How Facebook works ...

Auch Lösungen, die nicht dem hier aufgeführten Wortlaut entsprechen, inhaltlich jedoch übereinstimmen, gelten als richtig.

Item	Lösungen	Bewertungseinheiten
1	Fake news may have influenced election.	1
2	Man bled to death on Facebook Live.	1
3	alert Facebook/flag the post	1
4	hate speech/indecent contents/nudity/sexism/sexist contents	1
5	check/monitor/decide on/remove contents	1
6	subcontractors (in Warsaw and the Philippines)	1
7	*Zwei Lösungen aus den folgenden Optionen:* Subcontractors can't see the entire posts./They must work at an extremely fast rate./They must decide in 10 seconds.	1 1
8	consume the news/have public discourse	1
9	doesn't have the (core) competency for it (for a media company)	1
10	skeptical	1
	Summe	**11**

Transkription

Steve Inskeep: We have some inside information on how Facebook works – specifically, it's information about how Facebook regulates what you see, everything from hate speech to fake news stories and more. **It's all in the news because of concerns that fake news stories may have influenced voters in last week's election.** But it's been an issue for Facebook for quite some time. NPR's Aarti Shahani learned how Facebook does what it does, so we got her on the line for what is not a fake news story.

Textverankerung Item 1

Aarti Shahani: Hi. How are you?

Steve Inskeep: So how big is this? How much bigger is this than just fake news?

Aarti Shahani: It's way bigger than fake news, and it's something that we're seeing over and over and over again with a different controversy of the moment. **So for example, over the summer, you'll recall, there were these three high-profile shootings, right, against police officers and against two black men, one of whom bled to death on Facebook Live.** At that point during the summer, employees in the company told me that **users are flagging each other's posts left and right.** That is, **users can alert Facebook to a post and say, hey, this violates your rules; I want this taken down.**

Textverankerung Item 2

Textverankerung Item 3

Steve Inskeep: The rules having to do with **what's hate speech** and what's not, what's decent and what's not, that sort of thing.

Textverankerung Item 4

Aarti Shahani: Yeah, and **not just hate speech but, for example, what's nudity, what's sexist.** It's actually quite strict.

Steve Inskeep: And then the question you sought to answer was, how do they actually enforce those rules, given the complexity of all the different kinds of things that are put online? What did you find?

Textverankerung Item 5

Aarti Shahani: So Facebook's head of global policy, a woman named Monika Bickert, said that **any time a post is flagged, her staff comes together and puts a lot of thought into the decisions about what stays up and what comes down, but they deeply consider the context of each post.** She used that word over and over again to suggest we are really thoughtful, and we stand by our decisions.

Steve Inskeep: So it sounds pretty good, but what did you find about what they actually do?

Textverankerung Item 6

Textverankerung Item 7

Aarti Shahani: The truth is, Facebook actually has **an entire army of subcontractors out in Warsaw and in Manila – the Philippines.** And **because of privacy laws as well as technical glitches, these subcontractors can't even see the entire post** that they're looking at. **And they're pressured to work at an extremely fast rate – about one post every 10 seconds.**

Steve Inskeep: So the people who are supposed to be figuring this out and monitoring hate speech and other kinds of offensive speech **have to decide in 10 seconds**, based on hardly any information?

Aarti Shahani: They have to decide quickly, and they are in a work environment that encourages them to go at lightning speed. Let's just say they have a regular shift at the rate of **one post every 10 seconds.** That means each person is clearing about 3,000 posts a day. That's very different from thoughtful, slow and precise. *[2:34]*

[3:03]

Steve Inskeep: Does Facebook not really want to be in this business, not really want to be making editorial choices for their consumers?

Textverankerung Item 8

Aarti Shahani: Well, you know, I think they're ambivalent. Basically, Mark Zuckerberg at age 19 starts this company. He describes it as a technology company just connecting people. Then he makes all these very strategic moves to make Facebook **the thing through which you consume the news, the thing through which you have public discourse.** And it also has to be a safe space where people don't feel threatened. So it's getting very, very messy. And he is clearly now the CEO of a media company, and **it's not clear that he has the core competency for it.**

Steve Inskeep: Aarti, thanks for your reporting.

Aarti Shahani: Thank you. *[3:40]*

Quelle: https://www.npr.org/sections/alltechconsidered/2016/11/17/495827410/from-hate-speech-to-fake-news-the-content-crisis-facing-mark-zuckerberg?t=1582199975693 (0:00–2:34, 3:03–3:40)

18.6 Aufgabenbeispiel Französisch: Mylène, ancienne étudiante Erasmus

Auch Lösungen, die nicht dem hier aufgeführten Wortlaut entsprechen, inhaltlich jedoch übereinstimmen, gelten als richtig.

Item		Lösungen	Bewertungseinheiten
0	Prénom	Mylène	0
1	Âge	38 ans	1
2	En Allemagne depuis	18 ans	1
3	État civil	mariée	1
4	Domicile	région de la Ruhr	1
5	Lieux de ses études en Allemagne	à Bochum en Bavière	1 1
6	Deux des avantages d'un séjour Erasmus	*Zwei Lösungen aus den folgenden Optionen:* rencontrer des gens de cultures différentes/échanger des expériences/étudier/échanges interculturels	1 1
7	Profit personnel de ses séjours à l'étranger	*Eine Lösung aus den folgenden Optionen:* vivre toute seule/devenir indépendante/devenir plus mature/partir (de chez soi)	1
Summe			9

Transkription

Je m'appelle Mylène, j'ai **38 ans**, je suis Française et j'habite en Allemagne **depuis presque 18 ans** maintenant. Hum, j'ai étudié à Bochum ... hum au cours d'un séjour Erasmus et j'y ai rencontré **mon mari** et voilà, je suis restée en Allemagne. Maintenant nous avons deux enfants et euh ... **nous habitons dans la région de la Ruhr** avec mon mari qui est Allemand. J'ai fait euh ... donc **un échange Erasmus avec l'université de Bochum**. Hum ... C'était très positif ... hum ... **ça permet de rencontrer des gens de plein de cultures différentes, donc qui font aussi des échanges Erasmus par exemple. Et euh ... et euh ... d'échanger des expériences ... euh ça permet aussi d'étudier, bien entendu, mais c'est vrai que dans le cadre d'un séjour Erasmus, on profite plus des échanges interculturels que ... euh que des cours.** Hum ... donc ... oui si quelqu'un a la possibilité de faire un échange comme ça je ... je le ferais tout de suite de nouveau. Et puis après, je suis repartie au cours d'un échange avec mon université pour faire un double diplôme. **Donc ... j'ai étudié en Bavière.** Et euh ... c'est vrai que c'était une chance pour moi parce que avant, j'habitais chez mes parents. Donc euh ... **ça m'a donné la possibilité euh ... de ... de ... de partir, de vivre toute seule. Je suis devenue plus mature**, je **pense. Et puis j'ai appris à être indépendante**

Textverankerung Items 1–3

Textverankerung Items 4

Textverankerung Item 6

Textverankerung Item 5

Textverankerung Item 7

Quelle: Hörtext im Auftrag von QUA-LiS erstellt

18.7 Aufgabenbeispiel Englisch: An Eton experience

	Person *(in chronological order)*	Solution	Statements
1	Head Simon Elliot	B	**A** Eton graduates are prepared for future challenges. **B** Applying for a scholarship requires a lot of effort. **C** Scholarships will not promote general social equality. **D** Scholars benefit from Eton, and the other way round. **E** Eton offers clubs in numerous academic and scientific fields. **F** There can be conflicts due to different financial backgrounds.
2	A student	A	
3	Omar Jamil	E	
4	Simon Henderson	D	
5	Abigail McKnight	C	

Das Transkript zur Aufgabe kann leider aus urheberrechtlichen Gründen hier nicht aufgeführt werden.

Quelle: http://www.bbc.co.uk/programmes/p03ly7yg

18.8 Aufgabenbeispiel Französisch: Le Louvre

1	Enzo	**B**	**A** ... Combien y a-t-il de métiers au Louvre ? **B** ... Combien y a-t-il de peintures aux Louvre ? **C** ... Quelle est l'atmosphère dans le musée du Louvre ? **D** ... Quel est l'artiste le plus présent au Musée du Louvre ? **E** ... Qu'est-ce qui se passe la nuit dans le Musée du Louvre ? **F** ... Combien de fois la Joconde a-t-elle disparu du Louvre ? **G** ... Pourquoi le Louvre est-il important pour le monde entier ?
2	Hugo	**D**	
3	Clotaire	**F**	
4	Yanis	**C**	
5	Edouard	**A**	

E und G können nicht zugeordnet werden.

Transkription

Avec plus de 9 millions de visiteurs en 2013, le Louvre est le musée le plus fréquenté en France et dans le monde. Edouard, Enzo, Hugo, Clotaire et Yanis nous emmènent dans les coulisses du Louvre avec Frédérique Leseur qui est en charge de l'éducation artistique au Louvre. On commence avec Enzo.

Enzo : Combien y a-t-il de tableaux au Louvre ?

Frédérique Leseur : Alors au musée du Louvre il y a beaucoup de tableaux. Il y en plus de six milles. Et puis par ailleurs, il y a beaucoup de tableaux qui appartiennent au musée du Louvre mais qui se trouvent au dépôt dans divers lieux en

France. Mais il n'y a pas seulement des tableaux au Louvre, des sculptures, des objets d'art, des dessins. L'essentiel c'est plutôt de savoir combien on peut voir d'œuvres au musée et d'art et là, on voit à peu près quarante milles, donc on ne peut pas voir tout ça dans une même journée. Hugo.

Hugo : Quel est l'artiste qui a le plus de tableaux au Musée du Louvre ?

Frédérique Leseur : Le plus exposé ? Je serais incapable de le dire. On parle de tableaux, encore une fois, alors les peintres sont nombreux mais évidemment nous sommes en France, donc peut-être une des plus belles grandes collections est celle de la peinture française. Et des grands noms c'est Chardin, Ingres, c'est Corot. Clotaire.

[1:48] **Clotaire :** Combien de fois la Joconde a-t-elle été volée ?

Frédérique Leseur : Heureusement, une seule fois. Un moment historique du vingt-et-unième siècle. Elle a été volée en 1911. Et puis elle a été retrouvée. Et puisque le voleur a voulu la vendre. Et le voleur était très scrupuleux, alors il a tout arrêté. [2:16] Yanis.

Yanis: Quelle est l'ambiance dans le musée du Louvre ? C'est strict ? C'est défend ? On rigole ?

Frédérique Leseur : J'ai l'impression que Yanis aime bien rigoler. Un musée c'est un lieu vivant avec des êtres venus du monde entier, en famille, seul, en groupe. Donc les ambiances sont variées. Elles sont parfois très studieuses, elles sont parfois plus détendues. Et moi, ce que je vous invite à faire, c'est de venir en famille et d'aller changer le plus possible devant les œuvres. [3:52] Edouard.

Edouard : Combien y a-t-il de métiers au Louvre ?

Frédérique Leseur : Nous sommes environ, euh, 2300 personnes à travailler dans le musée. Il y a des personnes qui s'occupent des œuvres, de l'accrochage, des expositions, les conservateurs, les installateurs, les ateliers d'art. Alors, il y a des doreurs, des encadreurs, des socleurs. Et puis, il y a des scénographes, des architectes. Il y a des personnes qui s'occupent du public, des agents d'accueil, des surveillances, les médiateurs. Et il y a aussi tous ceux qui entretiennent le bâtiment, et ceux qui font que cette maison fonctionne, paient ses factures, les administratifs et puis il ne faut pas oublier qu'on a aussi le Jardin des Tuileries. Il y a toute une équipe de jardiniers et enfin, à l'intérieur même du Louvre, il y a une caserne de pompiers, avec 48 personnes qui sont là jour et nuit pour surveiller les œuvres, les protéger et puis aussi pour protéger les visiteurs.

Quelle: https://www.francetvinfo.fr/replay-radio/france-info-junior/les-secrets-bien-gardes-du-musee-le-plus-visite-au-monde-le-louvre_1782303.html (00:07–00:53, 1:48–2:05, 2:16–2:37, 3:52–4:40)

19 Lösungen und Transkriptionen zu den Abiturbeispielaufgaben

19.1 Abituraufgabenbeispiel Englisch

Hörverstehen Teil 1: NPR on young voters in the US

Auch Lösungen, die nicht dem hier aufgeführten Wortlaut entsprechen, inhaltlich jedoch übereinstimmen, gelten als richtig.

Item	Lösungen	Bewertungseinheiten
1	a) not much to offer politically b) difficult for them to vote	2
2	no civics education required	1
3	*Eine Lösung aus den folgenden Optionen:* math and reading/auch möglich: testing	1
4	(only) one third/ 1/3 pass citizenship test	1
5	sixty-five and older/65 +	1
6	*Eine Lösung aus den folgenden Optionen:* like a language/needs practice/you must use it	1
7	*Eine Lösung aus den folgenden Optionen:* more to lose/health insurance/state benefits	1
8	C	1
	Summe	**9**

Transkription

O'Dowd: At the risk of sounding like an old man, why don't young people vote?

Bowling: Well, I think it's kind of a two-sided problem. On one side, people turn out to vote when they have **something either to gain or something to lose**. And politics in America today **doesn't have a lot to offer young people** right now. On the other side of the equation, you have a situation where states that know that young people tend to be liberal voters are actually making it harder for them to vote. So I think about like Iowa made it basically **impossible for college students who were in Iowa to vote as Iowa residents**, and instead made them vote for their home states. And so it's a kind of two-sided thing like **we're not offering students and young people a lot politically, and then we're making it more difficult for them to vote** in many states.

Textverankerung Item 1

O'Dowd: And we're also, it seems, not doing much for them in school. **Only nine states and the District of Columbia require civics education in public high schools.** Do you think that's part of the problem?

Textverankerung Item 2

Bowling: That's absolutely part of the problem. I'll say that a lot of it is driven by like the emphasis on testing in schools and so essentially a lot of civics classes are pushed to the side in order to offer students additional **support in math and reading**. And not that math and reading aren't important, but our civics and our democracy matters a lot.

Textverankerung Item 3

O'Dowd: There is a new survey out this month by the Woodrow Wilson National Fellowship Foundation, had some amazing statistics, **says only a third of Americans** surveyed **would pass the US citizenship test**. And these are basic questions, like which of these states borders Canada, for instance.

Textverankerung Item 4

But there is also an age gap. People who are **sixty-five and older**, they are the ones with the highest scores. Why do you think that is?

Textverankerung Item 5

Bowling: I think that civics is **kind of like language**. So like I have traveled in Latin America and learned Spanish several times. As I don't use my Spanish, my Spanish **skills deteriorate**. And I think civics is the same way. **If you learn civics in high school, and then aren't engaged politically, your muscles atrophy**. But older folks have **more to risk** in every election. There's a reason why they turn out to vote like basically **Medicare, Medicaid and Social Security** are on the ballot in every election, and they know that, and they show up.

Textverankerung Item 6

Textverankerung Item 7

Quelle: https://www.wbur.org/hereandnow/2018/10/22/civics-education-youth-turnout (00:00–02:00)

Hörverstehen Teil 2: Meeting him

Item	Lösungen	Bewertungseinheiten
1	D	1
2	A	1
3	D	1
4	A	1
5	B	1
6	B	1
7	C	1
8	B	1
9	D	1
10	D	1
	Summe	**10**

Transkription

Many people at the restaurant asked when you had come from Jamaica, because they thought that every black person with a foreign accent was Jamaican. **Or some who guessed that you were African told you that they loved elephants and wanted to go on a safari.**

Textverankerung Item 1

So when he asked you, in the dimness of the restaurant after you recited the daily specials, what African country you were from, you said Nigeria and expected him to say that he had donated money to fight AIDS in Botswana. **But he asked if you were Yoruba or Igbo, because you didn't have a Fulani face.** You were **surprised – you thought he must be a professor of anthropology at the state university**, a little young in his late twenties or so, but who was to say? Igbo, you said. He asked your name and said Akunna was pretty. **He did not ask what it meant, fortunately, because you were sick of how people said," 'Father's Wealth'? You mean, like, your father will actually sell you to a husband?"**

Textverankerung Item 2 und 3

Textverankerung Item 3 und 4

He told you he had been to Ghana and Uganda and Tanzania, **loved the poetry of Okot p'Bitek and the novels of Amos Tutuola and had read a lot about sub-Saharan African countries, their histories, their complexities. You wanted to feel disdain, to show it as you brought his order, because white people who liked Africa too much and those who like Africa too little were the same – condescending.** But he didn't shake his head in the superior way that Professor Cobbledick back in the Maine community college did during a class discussion on decolonization in Africa. **He didn't have that expression of Professor Cobbledick's, that expression of a person who thought himself better than the people he knew about.** He came in the next day and sat at the same table and when you asked if the chicken was okay, he asked if you had grown up in Lagos. **He came in the third day and began talking before he ordered, about how he had visited Bombay and now wanted to visit Lagos, to see how real people lived, like in the shantytowns, because he never did any of the silly tourist stuff when he was abroad.** He talked and talked and **you had to tell him it was against restaurant policy. He brushed your hand when you set the glass of water down. The fourth day, when you saw him arrive, you told Juan you didn't want that table anymore.** After your shift that night, he was waiting outside, earphones stuck in his ears, asking you to go out with him because your name rhymed with *hakuna matata* and *The Lion King* was the only maudlin movie he'd ever liked. **You looked at him in the bright light and noticed his eyes were the color of extra-virgin olive oil, a greenish gold. Extra-virgin olive oil was the only thing you loved, truly loved, in America.**

Textverankerung Item 5 und 6

Textverankerung Item 7

Textverankerung Item 8

Textverankerung Item 9

Textverankerung Item 10

Quelle: Chimamanda Ngozi Adichie, *The Thing Around Your Neck*, W. F. Howes Ltd, 2009 (03:45:52–03:48:48)

Hörverstehen Teil 3: Digital Dystopia

Auch Lösungen, die nicht dem hier aufgeführten Wortlaut entsprechen, inhaltlich jedoch übereinstimmen, gelten als richtig.

Item	Lösungen	Bewertungs-einheiten
1	*Eine Lösung aus den folgenden Optionen:* comprise our privacy /collect user information and share it	1
2	book/(dystopian) novel	1
3	brain implants	1
4	carried outside (with their hands)	1

Item	Lösungen	Bewertungseinheiten
5	*Eine Lösung aus den folgenden Optionen:* to talk/to look up information/to find their way around/to entertain themselves/to buy things	1
6	subjected to advertisement	1
7	a) information b) wealth	2
8	all of us	1
9	our present is not so different (from the future laid out in *Feed*) / spend a lot of time (on platforms)	1
10	*Eine Lösung aus den folgenden Optionen:* track/store/analyse everything/create profiles/monetise profiles	1
	Summe	**11**

Transkription

Textverankerung Item 1

Jordan: I'm Jordan Erica Webber and in this series we'll be looking at internet enabled dystopia. But this first show explores the extent to **which our privacy has been compromised** by the tech-giants whose services we rely on every day. (speaker on the news: ... **400 million users, *facebook* is developing tools that collect users interests in products and then shares this information on other websites.**)

Textverankerung Items 2 und 3

When I was a young teen, one of my favourite books **was a young adult dystopian novel by M. P. Anderson** called *Feed*. Set in a near futuristic America, in which the **majority of citizens are constantly connected to a futuristic version of the Internet called 'Feednet' via brain implants called 'Feeds'.** The story is told from the perspective of a teenage boy called Titus, who has grown up with this technology.

Textverankerung Item 4

***Feed* excerpt/Titus:** I don't know when they first had feeds, like maybe 50 or 100 years ago? Before that they had to **use their hands and their eyes. Computers were all outside the body, they carried them around outside of them in their hands like if you carried your lungs in a briefcase and opened it to breathe.**

Textverankerung Items 5 und 6

Jordan: Titus and his friends rely on their feeds. **They use them to talk to each other, to look up information, to find their way around, to entertain themselves** and, importantly, **to buy things. They're subjected to constant advertising,** as the corporations that control the feeds monitor their moods and movements and market products to them accordingly. Maybe it's not such a far-fetched future.

Textverankerung Item 7

Aral: Surveillance capitalism is the feedback loop between surveillance, which is the accrual of information, and capitalism, which is about the accrual of wealth. So what happens when you have this feedback loop?

Jordan: That's Aral Balkan, a man who describes himself as a cyborg rights activist. More on that later.

Aral: ... where existing wealth sponsors systems that **gather intimate insight about all of us**, which in turn leads to even more wealth for the same small group of people. That's surveillance capitalism. It's a term coined by Shoshana Zuboff from Harvard Business School to explain essentially the socio-techno-economical system that we live in today.

Textverankerung Item 8

Jordan: As he describes it, **our present is not so different from the future laid out in *Feed*. A lot of us spend a lot of time on platforms** that we rely on which in turn gather information about us that is used to make money from us.

Textverankerung Item 9

Aral: People farming is a term that I use to describe the business model of companies like *google* and *facebook*. These platform monopolies have two audiences in their business model. They have their users and they have their customers. **And the way it works is, they track and store and analyse everything about their users to create profiles of them and these profiles, they monetize with their customers.** So what they're really doing is they're farming people, their users, and they're monetizing them with their customers. This is of course a very extractive and exploitative system.

Textverankerung Item 10

Quelle: https://www.theguardian.com/technology/audio/2018/jan/12/digital-dystopia-end-of-privacy-tech-podcast (01:04–04:39)

19.2 Abituraufgabenbeispiel Französisch

Hörverstehen Teil 1: Les influenceurs, nouveaux chouchous des marques

Auch Lösungen, die nicht dem hier aufgeführten Wortlaut entsprechen, inhaltlich jedoch übereinstimmen, gelten als richtig.

Aufgabe	Lösungen	Bewertungseinheiten
1	les adolescents	1
2	1 300 000	1
3	*Eine Lösung aus den folgenden Optionen:* en première/lycéenne	1
4	12 ans	1
5	*Eine Lösung aus den folgenden Optionen:* se maquiller/manger	1
6	maquillage et vêtements	1
7	une agence	1
8	environ 30	1
9	*Eine Lösung aus den folgenden Optionen:* poster des photos/communiquer	1
	Summe	**9**

Transkription

Textverankerung Items 1 und 2

Géraldine Hallot : Paola Locatelli est ce qu'on appelle un phénomène générationnel. Les plus de trente ans n'ont jamais entendu parler d'elle, mais **elle fait un carton chez les adolescents**. Ils constituent l'immense majorité de ses **1.300.000 abonnés** sur Instagram. Nous l'avons rencontrée lors d'une séance photo à Paris. [O-Ton]

Textverankerung Items 3 und 4

Paola Locatelli : Alors, bonjour. Moi, c'est Paola Locatelli, j'ai quinze ans et **je suis lycéenne donc je suis en première**. À côté, je suis influenceuse sur les réseaux sociaux. **Donc j'ai commencé quand j'avais environ douze ans.**

Textverankerung Items 5

Géraldine Hallot : À douze ans, Paola Locatelli **postait des vidéos d'elle sur YouTube, on la voyait se maquiller ou manger des KitKats avec ses copains.** [O-Ton] Ça ne volait pas bien haut, sauf qu'au fil des ans, elle a engrangé les abonnés et des marques ont commencé à la contacter pour qu'elle parle de leurs produits :

Textverankerung Items 6

maquillage et vêtements essentiellement.

Paola Locatelli : J'aime beaucoup tous les rouges à lèvres de Sensibility ...

Textverankerung Items 7

Géraldine Hallot : ... aujourd'hui Paola Locatelli **est représentée par une agence comme les mannequins professionnels.** Elle monnaie ses posts entre 1000 et 5000 euros. Pour combien de marques vous travaillez aujourd'hui ?

Textverankerung Items 8

Paola Locatelli : Franchement, je ne pourrais pas compter. Mais depuis deux ans, je travaille avec énormément de marques. **Je pourrais dire une trentaine de marques** ?

Géraldine Hallot : Est-ce que vous postez des photos tous les jours ? Est-ce qu'en gros c'est une activité quotidienne pour vous ?

Textverankerung Items 9

Paola Locatelli : Je ne poste pas des photos tous les jours. Mais en tout cas je communique avec ma communauté tous les jours. Que ce soit au studio d'Instagram où je demande s'ils vont bien ou je publie des photos inspirantes pour les aider à avancer dans leur vie. **Tous les jours j'ai ce besoin de communiquer avec eux.**

Quelle: https://www.franceinter.fr/emissions/le-zoom-de-la-redaction/le-zoom-de-la-redaction-20-decembre-2019 (Teil 1: 0:45–2:23)

Teil 2

Aufgabe	Lösungen	Bewertungseinheiten
1	A	1
2	B	1
3	C	1
4	A	1
5	C	1
6	C	1

Aufgabe	Lösungen	Bewertungseinheiten
7	B	1
8	A	1
	Summe	8

Transkription

Géraldine Hallot : Grâce aux influenceurs les marques peuvent s'adresser à la cible stratégique des moins de vingt-cinq ans. Lubomira Rochet est la patronne d'un numérique chez l'Oréal. Le groupe fait travailler plus de 80.000 influenceurs.

Lubomira Rochet : Ça donne une forme d'authenticité, **un vocabulaire qui est parfois très différent du vocabulaire du marketing qu'on peut utiliser, c'est quelque chose qui est extrêmement frais, extrêmement authentique** et je pense c'est une des raisons pour laquelle ça a eu autant de succès.

Textverankerung Item 1

Géraldine Hallot : Et dans ce cas là, les fourchettes de la rénumération, ça va de combien à combien ?

Lubomira Rochet : C'est très difficile à dire, parce que, **en fonction du nombre de followers, en fonction du pays, donc on est sur des ... sur des prix qui sont très, très variables.** Ça peut être plusieurs milliers d'euros pour un seul post.

Textverankerung Item 2

Géraldine Hallot : Sauf qu'il y a eu des scandales récemment. Des influenceurs ont acheté de faux abonnés et puis les internautes en ont un peu assez de cette vision très aseptisée et consumériste de la société. Loïc Cardoso Vieira est influenceur mode et beauté sur Instagram.

Textverankerung Item 3

Loïc Cardoso Vieira : Les réseaux ne montrent que ce qui est bien. Et Instagram effectivement, c'est le réseau où tout le monde, il est beau, où tout le monde, il est gentil, c'est un filtre à la vie. C'est pour mettre un petit bonheur dans la vie de tout le monde, tous les jours.

Textverankerung Item 4 und 5

Géraldine Hallot : Il n'empêche, Mickaël Stora, psychologue et spécialiste des réseaux sociaux, met en garde les adolescents.

Mickaël Stora : L'apparence est devenue un enjeu existentiel. Ce que prônent ces influenceuses **et influenceurs, d'ailleurs, il commence à en avoir,** c'est avant tout cette question de l'image comme une manière d'exister. **Et c'est là où moi je m'inquiète pour les adolescents. Dans la réalité, la grande majorité, ce sont des jeunes femmes qui nous montrent une position terriblement idéalisée. Et il n'a y pas plus tyrannique que ces questions justement d'un idéal souvent inatteignable.**

Textverankerung Item 6

Textverankerung Item 7

Géraldine Hallot : Et d'ailleurs l'une des influenceuses la plus suivie en France, la jeune Enjoy Phoenix, **a écrit en novembre dernier qu'elle désertait Instagram car elle en avez assez de ce monde « si petit et plein de paillettes en façade ». Elle continue quand même à publier des photos d'elle.**

Textverankerung Item 8

Quelle: https://www.franceinter.fr/emissions/le-zoom-de-la-redaction/le-zoom-de-la-redaction-20-decembre-2019 (2:25–4:14)

Hörverstehen Teil 2: « L'esprit d'initiative »

Auch Lösungen, die nicht dem hier aufgeführten Wortlaut entsprechen, inhaltlich jedoch übereinstimmen, gelten als richtig.

Aufgabe	Lösungen	Bewertungseinheiten
1	C	1
2	lire/la lecture	1
3	A	1
4	C	1
5	B	1
6	B	1
7	C	1
8	A	1
9	B	1
10	Eine Lösung aus den folgenden Optionen: des élèves/des professeurs/l'administration	1
11	A	1
	Summe	11

Transkription

Hélène : Emmanuel Moreau, chut, on lit ! On lit ce matin, en silence. C'est ça ?

Emmanuel Moreau : C'est assez incroyable effectivement, Hélène, cette histoire. L'association « *Silence, on lit !* » demande aux établissements scolaires d'organiser **dans la journée une pause de dix à vingt minutes.** Pendant ce laps de temps, tout le monde, les élèves, les professeurs, l'administration **sort un livre de sa poche et se met à lire. On lit ce que l'on veut, mais il y a une consigne impérative à respecter : on doit entendre les mouches voler. La lecture a lieu dans le silence. Olivier Delahaye, vice-président de l'association « Silence, on lit ! ».**

Textverankerung Item 1

Textverankerung Item 2 und 3

Olivier Delahaye : Contrairement à ce qu'on peut supposer, ce silence vient immédiatement. **Il y a dans le silence que l'on fait soi-même une démarche vers l'intériorité dont on a tous besoin et puis,** il y a dans le silence qui est respecté comme ça par tout un établissement quelque chose de rituel qui s'établit **et ça marche très facilement.** Très souvent, les professeurs nous disent : « Mais vous savez, nous, on a des élèves agités, on va avoir du mal etc. » et puis les retours qu'on a, en fait, quelques semaines après, c'est incroyable, dès la deuxième ou la troisième fois, ça marche bien. Et ce qui est merveilleux, en fait, dans cette pratique, **c'est que c'est une lecture libre, il n'y a pas de programme, il n'y a pas d'interrogation, on lit absolument ce que l'on veut à condition que ce soit un livre, ça peut être de la littérature, des romans, ça peut être des essais, ça peut être de la BD,** c'est pas des journaux, c'est pas des magazines, c'est pas, **c'est pas des séquences rapides, on est dans un monde où tout est trop fragmenté, trop segmenté en séquences courtes et là on se donne le temps, en fait, de suivre la pensée d'un auteur ou la fantaisie d'un auteur pendant un quart d'heure,** mais, en

Textverankerung Item 4

Textverankerung Item 5

Textverankerung Item 6

Textverankerung Item 7

Textverankerung Item 8

fait, pendant beaucoup plus longtemps puisqu'on garde le livre avec soi et qu'on va le lire.

Hélène : Et cette idée lui est venue comment à Olivier Delahaye ?

Emmanuel Moreau : Eh bien, il a découvert ce concept il y a deux ans **au cours d'une visite dans un établissement scolaire d'Ankara en Turquie** où la lecture en silence existe depuis quinze ans.

Olivier Delahaye : C'était à 13h35. J'étais dans une salle de professeurs. Il y avait dix profs qui étaient là et je vois dix personnes qui plongent dans leur cartable, qui sortent un bouquin et qui se mettent à lire. Je leur dis : « Ben, qu'est-ce qui se passe ? », il me dit : « C'est notre temps de lecture », **comme si ... ben oui ... Pardon ? Oui, oui, tous les jours, on lit ... ah ! bon ! oui, oui, tout le monde ! Ah, je peux aller voir ? Oui, vas-y ... Je sors ... et là donc, c'est un établissement assez grand, il y a 2000 élèves, silence mais absolu, pas un bruit.** Dans les classes, **tout le monde était assis, un peu n'importe comment, que ce soit les élèves, les professeurs, il y en a qui étaient par terre, d'autres ... Et tout le monde lisait.** Et il y avait un tel recueillement, un tel ..., mais c'était absolument extraordinaire et j'ai trouvé ça vraiment merveilleux. Le soir, j'en ai parlé avec la directrice. Donc tout ce qu'elle m'a dit sur ce qu'ils avaient fait n'a fait que me séduire et je n'ai fait que transmettre ça et donc en parler après avec Danièle Sallenave et c'est cette expérience merveilleuse qu'on essaie de transmettre.

Textverankerung Item 9

Textverankerung Item 10

Emmanuel Moreau : « Silence, on lit ! » a reçu le soutien du Ministère de l'Education Nationale qui veut redonner le goût de la lecture. **À Paris déjà 30 établissements l'appliquent. D'autres académies comme par exemple Metz et Aix et d'autres encore ont décidé de suivre.**

Textverankerung Item 11

Hélène : Chut, chut, on réfléchit. Merci, Emmanuel Moreau. À demain !

Quelle: https://www.franceinter.fr/emissions/l-esprit-d-initiative/l-esprit-d-initiative-16-octobre-2017

Hörverstehen Teil 3: L'identité marseillaise

	Marseille se caractérise par	Document sonore		
		1	2	3
A	... un climat ensoleillé.			
B	... un décor exceptionnel.		×	
C	... l'engagement de ses habitants.			
D	... le style créatif de ses habitants.			×
E	... la coexistence de différentes cultures.	×		
F	... des tensions entre différentes cultures.			

Transkription

1. La ville s'étend sur 30 kilomètres de surface maritime, elle est immense, elle est quatre fois plus grande que Paris ... donc trouver une cohérence là-dedans et puis, il y a plein de gens qui viennent de partout, donc c'est plein de communautés, il y a pas forcément de mélange, mais tout le monde se côtoie, tout le monde vit, en fait, avec les autres, mais sans forcément s'intégrer les uns les autres, les communautés sont pas forcément perméables. Mais il y a de la tolérance en tout cas. [1:26–1:52]

2. Ce que je trouve vraiment particulier, c'est que, par exemple, quand je m'en vais du travail, il est peut-être des fois seize heures trente, je décroche mon anneau, je ... j'allume le moteur du bateau et cinq minutes après, je me tourne et je vois Notre Dame de la Garde avec un paysage de carte postale, tout en 3D, tout en quinconce j'en prends toujours plein la gueule alors que j'ai 36 ans et que je vois ça depuis que ... depuis plus de 30 ans, quoi. [3:24–3:48]

3. À Marseille, on ose. Aussi bien sur les vêtements ... enfin, tout, on ose. Je sais pas, il y a une espèce de liberté, on n'a pas ça ailleurs. Quand je vais dans les quartiers, voilà, je regarde comment les jeunes sont habillés parce que j'ai été un petit peu dans la mode et j'ai l'impression que c'est vraiment les précurseurs de la mode à Marseille. Qu'on soit grosse ou mince, on porte des jupes courtes ... [12:19–12:46]

Quelle: https://savoirs.rfi.fr/en/apprendre-enseigner/societe/euro-2016-marseille-hors-des-cliches (1:26–1:52; 3:24–3:48; 12:19–12:46)

20 Lösungen und Transkriptionen zu den Klausurbeispielaufgaben

20.1 Klausuraufgabenbeispiel Englisch: Nigeria – the giant of Africa

Hörverstehen Teil 1: The Mall

Auch Lösungen, die nicht dem hier aufgeführten Wortlaut entsprechen, inhaltlich jedoch übereinstimmen, gelten als richtig.

Item	Lösungen	Bewertungs-einheiten
1	A	1
2	B	1
3	A	1
4	C	1
5	D	1
6	D	1
7	D	1
8	B	1
9	B	1
10	D	1
11	B	1
12	D	1
13	D	1
	Summe	13

Transkription

Inside the mall, the floors **gleamed**, smooth as ice cubes, and the **high-as-the-sky ceiling blinked with tiny ethereal lights. I felt as though I were in a different physical world, on another planet. The people who pushed against us, even the black ones, wore the mark of foreignness, otherness, on their faces.** Textverankerung Items 1 und 2

"We'll get pizza first," he said. **"It's one thing you have to like in America."** Textverankerung Item 3

We walked up to the pizza stand, to the man wearing a nose ring and a tall white hat.

"Two pepperoni and sausage. Is your combo deal better?" my new husband asked. **He sounded different when he spoke to Americans: his *r* was overpronounced and his *t* was underpronounced. And he smiled, the eager smile of a person who wanted to be liked.** Textverankerung Item 4

Textverankerung Items 5 und 6

We ate the pizza sitting at a small round table in what he called a "Food court". **A sea of people sitting around circular tables, hunched over paper plates of greasy food. Uncle Ike would be horrified at the thought of eating here; he was a titled man and did not even eat at weddings unless he was served in a private room. There was something humiliatingly public, something lacking in dignity, about this place, this open space of too many tables and too much food.**

"Do you like the pizza?" my new husband asked. His paper plate was empty.

"The tomatoes are not cooked well."

Textverankerung Item 7

"We overcook food back home and that is why we lose all the nutrients. Americans cook things right. See how healthy they all look?"

Textverankerung Item 8

I nodded, looking around. At the next table, a black woman with a body as wide as pillow held sideways smiled at me. I smiled back and **took another pizza bite, tightening my stomach so it would not eject anything.**

Textverankerung Item 9

We went into Macy's afterwards. **My new husband led the way toward a sliding staircase; its movement was rubbery-smooth and I knew I would fall down the moment I stepped on it.**

"*Biko,* don't they have a lift instead?" I asked. At least I had once ridden in the creaky one in the local government office, the one that quivered for a full minute before the doors rolled open.

Textverankerung Item 10

"Speak English. There are people behind you," he whispered, pulling me away, toward a glass counter full of twinkling jewelry. "It's an elevator, not a lift. Americans say elevator."

"Okay."

Textverankerung Item 11

He led me to the lift (elevator) and we went up to a section lined **with rows of weighty-looking coats. He bought me a coat the color of a gloomy day's sky, puffy with what felt like foam inside its lining. The coat looked big enough for two of me to snugly fit into it.**

"Winter is coming," he said." It is like being inside a freezer, so you need a warm coat."

"Thank you."

Textverankerung Item 12

"Always best to shop when there is a sale. Sometimes you get the same thing for less than half the price. It's one of the wonders of America."

"*Ezi okwu*?" I said, then hastily added, "Really?"

"Let's take a walk around the mall. There are some other wonders of America here."

Quelle: Chimamanda Ngozi Adichie, *The Thing Around Your Neck,* W. F. Howes Ltd, 2009 (5:30:04–5:34:51)

Hörverstehen Teil 2: Pidgin English

Auch Lösungen, die nicht dem hier aufgeführten Wortlaut entsprechen, inhaltlich jedoch übereinstimmen, gelten als richtig.

Item	Lösungen	Bewertungseinheiten
1	a few centuries ago	1
2	*Zwei Lösungen aus den folgenden Optionen:* English/French/Portuguese/Spanish/local languages	2
3	75–100 million people	1
4	Western African coast	1
5	*Zwei Lösungen aus den folgenden Optionen:* fluid language/new words (are) coming (to it) every day/mishmash	1
6	*Eine Lösung aus den folgenden Optionen:* way of communicating/communication way between different native tongues	1
7	*Eine Antwort aus den folgenden Optionen:* broken language/not deserving respect	1
8	*Eine Lösung aus den folgenden Optionen:* wrong/spoken widely/so many people speak it	1
9	*Eine Lösung aus den folgenden Optionen:* established language/radio stations use it/(10 to 15) radio stations	1
10	accord respect	1
	Summe	**11**

Transkription

Rajan: Thanks Michael, stay on the line. We're going to Peter Okwoche, you might recognise him as one of the main presenters on Africa. Welcome, Peter. You speak Pidgin, tell us a little bit about the background of the language.

Peter: Pidgin **originated a few centuries ago** when the first Westerners landed on the West African coast from **Great Britain, France, Portugese, Australia, Spanish traders**. Pidgin is essentially a mishmash of those four languages and then the **local languages** along the coast of West Africa.

Textverankerung Items 1 und 2

Rajan: You used the word mishmash just now. Some people would feel that would be condescending in some way.

Peter: I don't think it's condescending at all. It's a language that is essentially **spoken by we believe between 75 and 100 million people along that western coast**. So it's a language that has travelled wide. It's very, very fluid in the sense that **new words are coming to it every day**. And it's a **way of communicating between people who don't speak the same native tongue.**

Textverankerung Items 3 und 4

Items 5 und 6

Rajan: What would you say to those **who see Pidgin as just 'broken English'** and not deserving of a full service?

Textverankerung Item 7

Textverankerung Item 8

Textverankerung Item 9 und 10

Peter: I think **they're wrong. So many people speak it.** You know, so what do you do with **those vast number of people who speak it now**? Don't think the BBC is the first broadcaster to broadcast in Pidgin. All over the region, you know, in Nigeria there must be at least ten, fifteen radio stations. **It's a language that has established itself in the region and I think it's a language that should be accorded respect.**

Rajan: Peter Okwoche, thank you so much for coming. I know you're very busy so I let you go.

Peter: Thank you very much Rajan.

Quelle: https://www.bbc.co.uk/sounds/play/w3cstzht (3:08–04:40)

20.2 Klausuraufgabenbeispiel Französisch: Moi et les autres

Hörverstehen Teil 1: Entretien avec Gaël Faye

Auch Lösungen, die nicht dem hier aufgeführten Wortlaut entsprechen, inhaltlich jedoch übereinstimmen, gelten als richtig.

Item	Lösungen	Bewertungseinheiten
1	13 ans	1
2	déstabilisé/perdu	1
3	*Eine Lösung aus den folgenden Optionen:* forme de pays/(la fonction de) le stabiliser/le recentrer/lui créer un pays/lui expliquer les choses	1
4	des poèmes/des petits textes	1
5	un atelier de rap	1
6	*Eine Lösung aus den folgenden Optionen:* des nouvelles/des pièces de théâtre/des romans	2
7	une éditrice	1
8	*Eine Lösung aus den folgenden Optionen:* d'une chanson/d'un rap	1
9	(une grande/une plus grande) liberté	1
10	*Eine Lösung aus den folgenden Optionen:* une structure rigide/fixe/conventionnelle/des conventions/des parties (conventionnelles) comme les couplets et le refrain/un cadre fixe/plus cadrée	1
11	A	1
	Summe	**12**

Transkription

Présentatrice : Gaël Faye, bonjour.

Gaël Faye : Bonjour.

Présentatrice : Est-ce que vous pouvez nous parler un petit peu de votre parcours ? Comment êtes-vous venu d'abord à la musique, puis à la littérature ?

Gaël Faye : Je suis arrivé à la musique par l'écriture. **J'ai quitté le Burundi à l'âge de 13 ans** et quelques jours avant mon rapatriement, j'ai com … j'ai commencé à écrire. Textverankerung Item 1

Et en arrivant en France, euh, je … j'étais un peu déstabilisé parce que je ne savais plus où était mon chez moi … euh, comme tout s'est fait dans la précipitation et **l'écriture a été une forme de pays pour moi. J'ai trouvé un endroit où j'arrivais à me recentrer et à m'expliquer les choses. Et ces petits poèmes, ces petits textes que j'écrivais un jour** se sont transformés en chansons grâce à une maison de quartier qui était à côté de chez moi. J'habitais en région parisienne, du côté de Versailles. **Il y avait un atelier de rap et j'ai transformé donc ces textes en chansons de rap.** Et j'ai continué à écrire, j'avais cette passion de l'écriture, l'écriture m'a amené à la lecture, j'ai découvert la lecture à cet âge-là également et ensuite, très rapidement, **j'ai commencé à écrire d'autres choses, des nouvelles, des pièces de théâtre et des débuts de roman. Et c'est la rencontre avec une éditrice, un mois après la sortie de mon album « Pili Pili sur un croissant au beurre » … cette rencontre avec cette éditrice a été déterminante, elle m'a rassuré sur ma capacité à pouvoir prolonger ce que j'écrivais dans mes chansons en romans et donc, j'ai travaillé plusieurs mois sur Petit Pays …**

Textverankerung Item 2

Textverankerung Items 3 und 4

Textverankerung Item 5

Textverankerung Items 6 und 7

Textverankerung Item 8

Présentatrice : … qui est aussi le titre d'une de vos chansons, d'ailleurs.

Gaël Faye : … qui est aussi le titre d'une des chansons qui était sur cet album.

Présentatrice : Et alors, c'est très différent ? Quelles étaient les difficultés que vous avez rencontrées pour passer de l'écriture de chansons ou de poèmes à l'écriture de tout un roman ? Qu'est-ce qui est spécifique en fait ?

Gaël Faye : Ce que j'ai ressenti, c'était **surtout une plus grande liberté** dans le roman. **La chanson est quand même cadrée par le rythme, par des structures souvent conventionnelles, le refrain, le couplet, les ponts, l'intro, l'outro. […]**

Textverankerung Items 9 und 10

[5:16:53] Donc, j'ai découvert une autre manière d'écrire et il y a aussi une chose qui m'a beaucoup plu dans le roman et je sais que cette chose, j'ai envie de la retrouver, c'est pour ça que ce ne sera pas mon seul et unique roman, et **c'est de faire surgir un monde** qui vous devient très intime alors que vous l'avez imaginé.

Textverankerung Item 11

Quelle: Gaël Faye, *Petit Pays*, Audiolib, 2016 (Track 36, 5:13:35–5:15:58, 5:16:53–5:17:09)

Hörverstehen Teil 2: La lettre de Gaby

Für jede richtige Lösung erhalten die Schülerinnen und Schüler zwei Bewertungseinheiten.

Item	Lösungen	Bewertungs-einheiten
1	A	2
2	C	2
3	C	2
4	C	2
5	A	2
6	B	2
7	A	2
8	A	2
	Summe	16

Transkription

Lundi 4 janvier 1993

Chère Laure,

Textverankerung Item 1

Gaby c'est mon nom. De toute façon tout a un nom. Les routes, les arbres, les insectes ... Mon quartier, par exemple, c'est Kinanira. Ma ville c'est Bujumbura. Mon pays c'est le Burundi. Ma sœur, ma mère, mon père, mes copains ils ont chacun un nom. Un nom qu'ils n'ont pas choisi. On naît avec, c'est comme ça. Un jour, j'ai demandé à ceux que j'aime de m'appeler Gaby au lieu de Gabriel, **c'était pour choisir à la place de ceux qui avaient choisi à ma place.** Alors pourras-tu m'appeler Gaby, s'il te plaît ? J'ai les yeux marron donc je ne vois les autres qu'en marron. Ma mère, mon père, ma sœur, Prothé, Donatien, Innocent, les copains ... ils sont tous lait au café. **Chacun voit le monde à travers la couleur de ses yeux. Comme tu as les yeux verts, pour toi, je serai vert. J'aime beaucoup de choses que je n'aime pas. J'aime le sucre dans la glace mais pas le froid. J'aime la piscine mais pas le chlore. J'aime l'école pour les copains et l'ambiance mais pas les cours. Grammaire, conjugaisons, soustraction, rédaction, punition, c'est la barbe et la barbarie!** Plus tard, quand je serai grand, **je veux être mécanicien pour ne jamais être en panne dans la vie. Il faut savoir réparer les choses quand elles ne fonctionnent plus. Mais c'est dans longtemps tout ça, je n'ai que 10 ans et le temps passe lentement, surtout l'après-midi car je n'ai jamais école et le dimanche car je m'ennuie chez ma grand-mère.** [...] Cette année, il va y avoir des élections pour élire un président de la République au Burundi. **C'est la première fois que ça arrive. Je ne pourrai pas voter, il faut que j'attende d'être mécanicien.** Mais je te donnerai le nom du vainqueur. Promis !

Textverankerung Item 2

Textverankerung Items 3 und 4

Textverankerung Items 5 und 6

Textverankerung Item 7

À bientôt

Bisou, Gaby

PS : je vais me renseigner pour le riz.

Quelle: Gaël Faye, *Petit Pays*, Audiolib, 2016 (Kapitel 7, Track 10, 1:02:25"–1:02:08–1:02:50)

21 Literatur

Grundlagendokumente

13–32 Nr. 3.1 Verordnung über den Bildungsgang und die Abiturprüfung in der gymnasialen Oberstufe (APO-GOSt), 5. Oktober 1998. Verfügbar unter: https://bass.schul-welt.de/9607.htm

13–32 Nr. 3.2 Verwaltungsvorschriften zur Verordnung über den Bildungsgang und die Abiturprüfung in der gymnasialen Oberstufe (VVzAPO-GOSt), RdErl. d. Ministeriums für Schule und Weiterbildung v. 18.11.2006 (ABl. NRW. S. 503). Verfügbar unter: https://bass.schul-welt.de/9607.htm

Kultusministerkonferenz (Hrsg.) (2012). *Bildungsstandards für die fortgeführte Fremdsprache (Englisch/Französisch) für die Allgemeine Hochschulreife*. Beschluss vom 18.10.2012. Köln: Carl Link Verlag.

Ministerium für Schule und Bildung des Landes Nordrhein-Westfalen. *Zentralabitur 2022 – Englisch*. Verfügbar unter: https://www.standardsicherung.schulministerium.nrw.de/cms/zentralabitur-gost/faecher/getfile.php?file=4989

Ministerium für Schule und Bildung des Landes Nordrhein-Westfalen. *Zentralabitur 2023 – Englisch*. Verfügbar unter: https://www.standardsicherung.schulministerium.nrw.de/cms/zentralabitur-gost/faecher/getfile.php?file=5164

Ministerium für Schule und Bildung des Landes Nordrhein-Westfalen. *Zentralabitur 2022 – Französisch*. Verfügbar unter: https://www.standardsicherung.schulministerium.nrw.de/cms/zentralabitur-gost/faecher/getfile.php?file=4995

Ministerium für Schule und Bildung des Landes Nordrhein-Westfalen. *Zentralabitur 2023 – Französisch*. Verfügbar unter: https://www.standardsicherung.schulministerium.nrw.de/cms/zentralabitur-gost/faecher/getfile.php?file=5168

Ministerium für Schule und Weiterbildung des Landes Nordrhein-Westfalen (Hrsg.) (2014). *Kernlehrplan für die Sekundarstufe II Gymnasium/Gesamtschule in Nordrhein-Westfalen Englisch* (Heftnummer 4704). Frechen: Ritterbach.

Ministerium für Schule und Weiterbildung des Landes Nordrhein-Westfalen (Hrsg.) (2014). *Kernlehrplan für die Sekundarstufe II Gymnasium/Gesamtschule in Nordrhein-Westfalen Französisch* (Heftnummer 4705). Frechen: Ritterbach.

Fachliteratur

Fulcher, G. & Davidson, F. (2007). *Language testing and assessment – an advanced ressource book*. London & New York: Routledge applied linguistics.

Grotjahn, R. (2012). Hörverstehen: Konstrukt und Messung. *Fremdsprachen lehren und lernen 41 (1), 72–86.*

Grotjahn, R. & Kleppin, K. (2015). *Prüfen, Testen, Evaluieren* (Deutsch Lehren Lernen, Bd. 7). München: Klett-Langenscheidt.

Hinger, B. & Stadler, W. (Hrsg.) (2018). *Testen und Bewerten fremdsprachlicher Kompetenzen*. Tübingen: Narr Studienbücher.

Rossa, H. (2010). Explorative Untersuchung der Konstruktvalidität von Testaufgaben zum fremdsprachlichen Hörverstehen. In C. Altmayer, G. Mehlhorn, C. Neveling, N. Schlüter & K. Schramm (Hrsg.): *Grenzen überschreiten: sprachlich – fachlich – kulturell. Dokumentation zum 23. Kongress für Fremdsprachendidaktik der Deutschen Gesellschaft für Fremdsprachenforschung* (S. 279–291). Hohengehren: Schneider.

Rossa, H. (2012). *Mentale Prozesse beim Hörverstehen in der Fremdsprache. Eine Studie zur Validität der Messung sprachlicher Kompetenzen* (Inquiries in Language Learning, Band 5). Zugl.: Diss., Techn. Univ. Dortmund, 2011. Frankfurt am Main: Lang.

Rossa, H. (2016). The cognitive processes elicited by L2 listening test tasks – A validation study. In J.-U. Keßler, A. Lenzing & M. Liebner (Hrsg.). *Developing, Modelling and Assessing Second Languages* (Processability Approaches to Language Acquisition Research & Teaching, 5; S. 207–238). Amsterdam: John Benjamins Publishing Company.

Tesch, B., von Hammerstein, X., Stanat, P. & Rossa, H. (Hrsg.) (2017). *Bildungsstandards aktuell: Englisch/Französisch in der Sekundarstufe II*. Braunschweig: Diesterweg.

Weiterführendes Links zum Portal des IQB

Operatoren des IQB

https://www.iqb.hu-berlin.de/abitur/dokumente/englisch [27.02.2020].
https://www.iqb.hu-berlin.de/abitur/dokumente/franzoesisch [27.02.2020].

Aufgaben IQB

https://www.iqb.hu-berlin.de/abitur [27.02.2020].
In der Navigationsleiste links können unter diesem Link jedes Jahr Abituraufgaben aufgerufen werden, die nach Abschluss des Prüfungsverfahrens vom IQB veröffentlicht werden.

Begleitende Dokumente des IQB

https://www.iqb.hu-berlin.de/abitur/dokumente/englisch/ [27.02.2020].
https://www.iqb.hu-berlin.de/abitur/dokumente/franzoesisch/ [27.02.2020].

Bezugsquellen zu den Beispielaufgaben

Longest reigning monarch: http://parliamentlive.tv/event/index/56fe1db5-095c-4ce8-bb0b-bef2a39568f9?in=11:34:03(11:34:03–11:35:47, 11.36:44–11:37:51, 11:38:19–11:38:26, 11:38:43–11:39:22) [27.02.2020].

L'école Thot: https://www.franceinter.fr/emissions/peripheries/peripheries-28-octo bre-2016 (0:00–0:55, 1:55–3:10) [27.02.2020].

Studying abroad: https://www.youtube.com/watch?v=ReHAd7alpJ4 [27.02.2020].

À la recherche de Marcel Proust: http://www.zevisit.com/tourisme/eure-et-loir (0:00–0:12, 0:48–1:35, 2:10–4:15) [27.02.2020].

How Facebook works: https://www.npr.org/sections/alltechconsidered/2016/11/17/495827410/from-hate-speech-to-fake-news-the-content-crisis-facing-mark-zucker berg?t=1582199975693 (0:00–2:34, 3:03–3:40) [27.02.2020].

Mylène, ancienne étudiante Erasmus: Hörtext im Auftrag von QUA-LiS erstellt.

An Eton experience: http://www.bbc.co.uk/programmes/p03ly7yg (3:03–3:08; 3:16–3:36; 10:47–11:01; 12:56–12:57; 13:14–13:28; 15:48–16:04; 22:52–23:30) [27.02.2020].

Le Louvre: https://www.francetvinfo.fr/replay-radio/france-info-junior/les-secrets-bien-gardes-du-musee-le-plus-visite-au-monde-le-louvre_1782303.html (00:07–00:53, 1:48–2:05, 2:16–2:37, 3:52–4:40) [27.02.2020].

NPR on young voters in the USA: https://www.wbur.org/hereandnow/2018/10/22/civics-education-youth-turnout (00:00–02:00) [15.07.2021].

Meeting him: Chimamanda Ngozi Adichie, *The Thing Around Your Neck*, W. F. Howes Ltd, 2009 (3:45:52–3:48:48).

Digitial Dystopia: https://www.theguardian.com/technology/audio/2018/jan/12/digital-dystopia-end-of-privacy-tech-podcast (01:04–04:39) [15.07.2021].

Les influenceurs, nouveaux chouchous des marques: https://www.franceinter.fr/emis sions/le-zoom-de-la-redaction/le-zoom-de-la-redaction-20-decembre-2019 (0:45–2:23, 2:25–-4:14) [15.07.2021].

« L'esprit d'initiative »: https://www.franceinter.fr/emissions/l-esprit-d-initiative/l-esprit-d-initiative-16-octobre-2017 [15.07.2021].

L'identité marseillaise: http://www.rfi.fr/emission/20160413-euro-2016-france-marseille-hors-cliches (1:26–1.52; 3:24–3:48; 4:37–5:04; 12:19–12:46) [15.07.2021].

The Mall: Chimamanda Ngozi Adichie, *The Thing Around Your Neck*, W. F. Howes Ltd, 2009 (5:30:04–5:34:51).
Pidgin English: https://www.bbc.co.uk/sounds/play/w3cstzht (3:08–04:40) [15.07.2021].
Entretien avec Gaël Faye: Gaël Faye, *Petit Pays*, Audiolib, 2016 (Track 36, 5:13:35–5:15:58, 5:16:53–5:17:09).
La lettre de Gaby: Gaël Faye, *Petit Pays*, Audiolib, 2016 (Kapitel 7, Track 10, 1:02:25–1:02:08–1:02:50).